KB056187

로크미디어가
유혹하는
재미있는 세상

ROK
MEDIA
로크미디어

다시한번
아이돌

다시 한번 아이돌 11

2021년 9월 17일 초판 1쇄 인쇄
2021년 9월 27일 초판 1쇄 발행

지은이 틴타
발행인 김정수 강준규

기획 이기헌 왕소현 박경무 강민구
책임편집 최전경
마케팅지원 배진경 임혜솔 송지유 이영선

발행처 (주)로크미디어
출판등록 2003년 3월 24일
주소 서울시 마포구 성암로 330 DMC첨단산업센터 318호
Tel (02)3273-5135 **편집** 070-7863-8592 Fax (02)3273-5134
홈페이지 rokmedia.com E-mail rokmedia@empas.com

ⓒ 틴타, 2020

값 8,000원

ISBN 979-11-354-6381-5 (11권)
ISBN 979-11-354-9341-6 04810 (세트)

틴타 현대 판타지 장편소설 〈11〉

다시 한 번
아이돌
ONCE AGAIN IDOL

ROK
MEDIA

로크미디어

Contents

Chapter 12.
비갠 뒤 어게인 (4)

내가 레나 선배님에게 컨택되었다는 건 삽시간에 멤버들 사이에 퍼져 나갔다.

"아야야야, 이야야, 좋겠다, 서현우. 좋겠다."

"엄청 좋은데?"

"와, 부럽다. 이 자식. 나도 나도. 어어억!"

고유준이 내 침대에 드러누워서 생떼를 썼다. 처음엔 진심으로 부러워하는 것 같아서 어떻게 반응해야 하는지 몰라 눈치를 좀 봤는데, 그냥 생떼 부리는 걸 알고부턴 지금까지 무시하는 중이다.

난 침대에 대자로 뻗은 채 툭툭 발로 내 허리를 건드리는 고유준을 째려보다 한 대 때리고 일어났다.

"좀 조용히 하고 나가거나 이것 좀 들어 봐 봐."

"므언데?"

난 휴대폰에 저장된 곡 하나를 재생시켰다.

고유준은 눈을 감고 흘러나오는 곡을 듣다 고개를 갸웃거렸다.

"뭔데? 모르는 노랜데. 뉴에이지?"

"놉."

난 자랑스럽게 씨익 웃으며 말했다.

"내가 만든 네 곡."

피아노 선율에 몇 가지 비트만 간단히 섞인 곡.

이전 고유준이 맡게 될 OST 모집 심사에 넣을 생각으로 가볍게 만들어 본 샘플이다.

미국에서는 생각보다 노트북을 켜서 곡 만들 시간이 없어서 휴대폰으로 피아노 소리만 녹음한 뒤 김진욱에게 도와 달라 문자를 보냈었다.

그러자.

첨부 : (고유준.mp3)

내용 : SOS

이렇게 간단히 보낸 문자에…….

첨부 : (고_수정.mp3)

내용 : .

……라고 똑같이 성의 없는 답장이 돌아왔다.

하지만 첨부된 수정본은 아직 피아노, 비트뿐인 완전한 미완성곡임에도 고유준에게 들려줄 정도로 매우 괜찮은 수준이었다.

"내 곡이라고?"

"정확히 말하면 네가 부를 OST 모집에 들어갈 곡. 주한 형이나 다른 사람 것이 될 가능성이 더 크지만 한번 넣어 보게."

고유준은 자신의 곡이란 말을 듣고 눕혔던 상체를 일으켜 집중해 듣기 시작했다.

"아직 가이드를 안 따서 그냥 이것뿐인데 첫 작곡치고는 괜찮지 않아?"

"완전 괜찮은데? 아니 좋은데? 네가 다 만들었음?"

"아니 아니, 김진욱-."

여기 아직 카메라 있었지.

"-이 형이 도와줬어. 피아노 부분은 내가 비트 들어간 건 그 형이."

"와, 서현우. 진욱 형님한테 도움을 요청하다니 치트 키 썼네."

고유준은 내 휴대폰을 가져가 끝까지 듣더니 엄지를 추켜들었다.

"굿. 야, 이거 근데 OST 되든 안 되는 나 주는 거 아님?"

"아닌데. OST 안 되면 너 안 주고 윤찬이 줄 건데?"

"아, 왜!"

"뭐가?"

난 오늘따라 시끄러운 고유준을 방에 버려두고 거실로 나왔다.

이 곡은 OST가 안 돼도 멤버 중 한 사람에게 돌아가게 될 것이다.

어차피 고유준은 이번에 OST로 솔로곡이 나올 거기 때문에 조금 더 밝고 청량하게 바꿔서 윤찬이에게 주는 것도 괜찮겠다고 생각했다.

거실의 소파에 앉아 잠시 통유리 뷰를 보고 있으니 고유준이 내 방에서 나와 자신의 방으로 돌아갔다.

"좀 있다 연습 시간 되면 불러."

"어."

아마 자려는 모양이다.

주한 형은 캘리아 로렌스 씨랑 작업하러 갔고, 윤찬이는 레나 선배님의 다음 듀엣 상대로 낙점당해 레나 선배님과 연습하러 갔다.

진성이는 러닝하러 갔고 나는 그냥.

"……."

정말 사람 하나 없는 것처럼 조용하고 텅텅 빈 숙소 안.

이렇게 대낮에 조용히 혼자 있는 거 진짜 오랜만인데.

그냥 별생각 없이 멍하니 한참이나 창밖 도시 풍경을 지켜보았다.

그러다 눈을 감고 또 한참. 이러다 잠들 것 같아서 벌떡 일어났다.

"나도 연습하러 가야지."

괜히 카메라를 의식해 혼잣말하고 간단히 짐을 챙겨 연습실로 향했다.

"어……."

당연히 연습실엔 레나 선배님과 윤찬이가 함께 연습하고 있을 거라고 생각했는데.

윤찬이는 없고 레나 선배님만 혼자서 악보에 무언가를 적고 계셨다.

"선배님."

"어? 아, 현우야. 연습하러 왔어? 연습해."

"아, 네! 혹시 그 윤찬이는……."

"윤찬이 아까 숙소로 간다고 했는데 못 봤어?"

"아, 엇갈렸─ 네, 못 봤어요. 아마 엇갈렸나 봐요."

"윤찬이랑 같이 연습하려고 온 거야?"

레나 선배님은 안타깝다는 표정으로 물었다.

난 황급히 고개를 저었다.

"아니에요. 있으면 같이하려고 했지만……. 저도 개인 연습하러 왔어요."

생각해 보면 한번도 윤찬이랑은 제대로 듀엣해 본 적이 없는 것 같아서 이번 기회에 해 보는 것도 괜찮겠다는 마음으로.

이미 갔으니 다음 기회를 노려야겠지만.

"아, 그래? 무슨 곡 부를 거야?"

"저, 오늘은. 어, 사실 아직 안 정했어요. 그런데 생각나는 건 많아서 이것저것 불러 보고 결정하려고요."

"내가 하나 추천해도 돼?"

"네! 오히려 부탁드립니다."

내가 자신을 여전히 어려워하는 게 많이 티가 났는지, 레나 선배님이 픽 웃으며 일어났다.

"캘리아 곡은 어때?"

"캘리아 님 곡이요?"

"〈Cinematic〉이라는 곡인데 그냥 너랑 잘 어울릴 것 같아서?"

"네! 한번 불러 볼게요."

레나 선배님은 가려는 듯 나를 스쳐 지나가다 근처 의자에 앉았다.

"잠시 연습하는 거 구경하다 가도 될까? 멤버들 연습하는 동안 피드백 많이 해 준 것 같은데 너랑 유준이한테는 해 준 적 없네."

"아, 감사합니다."

레나 선배님은 곡의 감성을 정말 잘 살리기로 유명하신 분이라, 듣고 피드백해 주신다면 나야 매우 감사한 일이다.

난 레나 선배님이 비워 준 의자에 앉아 휴대폰을 뒤적였다. 캘리아 로렌스의 〈시네마틱〉을 검색하고 들으며 작게 허밍했다.

어렴풋이 들은 적 있는 것 같기는 한데 그래도 좀 생소한 곡이었다.

조금 따라 부르고 다시 듣기를 반복하고 있을 때 날 지켜보던 레나 선배님이 헛기침을 했다.

"그런데 현우야."

"네?"

"너, 음, 내가 모른 척할까도 생각했는데 너 선배 부탁이라고 무리해서 제안 수락한 건 아니지?"

"예에?"

레나 선배님은 내 시선을 피해 의자 옆 꽃병을 만지작거렸다.

"아니 내가 너무 혼자 들떠서 밀어붙였나 싶기도 하고."

"아, 그."

프로듀싱일 말하는 거구나.

"전혀 아니에요. 진짜 제가 하고 싶어서 하는 건데요."

"그럼 다행이고. 사실 컴백 시기에 다른 일 준비하는 게 쉬운 일이 아니잖아. 그래서 한번 물어본 거야. 혹시 내 눈치 보느라 한다고 한 걸까 봐."

레나 선배님이 갑자기 허공에 손을 번쩍 들었다. 그러곤 브이 자로 만든 뒤 싹둑싹둑 가위로 무언가를 자르는 시늉을 했다.

저건 나한테 하는 게 아니고 이 방송을 편집할 편집자에게 보내는 메시지다.

이 부분을 편집하라고.

"아무튼 같이한다고 해 줘서 고마워. 내심 안 되면 어쩌나 했는데."

"저야말로 감사합니다."

레나 선배님이 만지작거리던 꽃병에서 꽃 한 송이를 빼낸 뒤 다가왔다.

"연습 잘하고, 밥 먹고. 어?"

"네!"

"앞으로 잘 부탁해."

나에게 내밀린 장미. 내가 얼떨결에 그것을 받아 들자 레나 선배님은 씨익 웃으며 내 머리를 쓰다듬고 연습실을 나섰다.

방금 뭔가 프러포즈받는 기분이기도 했고 굉장히 선배님이 멋졌는데, 정신 차리고 보니 장미가 꽃병에 꽂혀 있던 거라 손이 축축하게 젖어 있었다.

내일의 일정이 정해졌다.

내일은 오랜만에 단상 없이 하는 거리 공연. 대신 백화점 앞 광장의 한가운데를 섭외해 사람들의 시선을 한 몸에 받을 수 있는 곳에서 공연하게 되었다.

우린 내일 그곳에서 〈퍼레이드〉의 댄스 비중을 높인 리믹스 버전과 각자 준비한 솔로곡, 듀엣곡을 선보이기로 했다.

내일의 공연은 특히 더 중요한데, 내일 공연이 끝난 후 다음으로 예정되어 있는 곳이 다름 아닌 캘리아의 레코드사에서 마련해 준 소형 공연장이기 때문이다.

그곳은 소형이라곤 해도 크로노스와 같이 미국에서 완전 무명인 사람들이 채우기 힘든 규모의 공연장이었다.

그렇다면 여기서 부족한 관객을 어디서 모으느냐?

바로 내일 캘리아와 함께할 외신 인터뷰와 거리 공연에서다.

인터뷰와 공연 모두에서 다음 공연을 홍보하며 끝을 낼 예정이고, 비록 공연 장소에서의 호응은 그리 크지 않더라도 SNS를 통해 소식이 정해지면 미국의 고리들, K-POP 팬들이 관객석을 채워 줄 것으로 생각했다.

그런 중요한 홍보를 앞두고 있으므로 우리의 연습실이 바뀌었다.

숙소에 마련되었던 작은 연습실, 밴드 악기가 들어가면 춤 연습은 꿈도 못 꿀 연습실에서 벗어나 대형 연습실로.

이번 공연에 한해 주력으로 두고 있는 〈퍼레이드〉 리믹스 버전을 도와줄 댄서들까지 모두 수용할 수 있는 규모였다.

또 뭐가 불만이신 건지 레나 선배님에게 알아듣지 못할 만큼 빠른 영어로 랩 같은 투정을 부리던 캘리아 씨는 대형 연습실에 이미 도착해 있는 〈퍼레이드〉 리믹스 버전 댄서들의 숫자를 보고 입을 멈췄다.

"Why are there so many people(뭘 하길래 이렇게 사람이 많아)?"

그 와중 진성이가 날 붙잡고 방방 뛰었다.

"형, 우리 오랜만에 기가 막히게 댄스 브레이크 맞추겠네. 크으! 저번 시상식 때랑 안무 똑같지?"

"어, 어어, 어…… 진성아 흔들지 마. 형 아파."

그것보다 진성이가 한번 뛸 때마다 진짜 몸이 이리저리 보잘것없이 흔들려 자존심 상해 버리니까.

아무튼, 이번 〈퍼레이드〉 리믹스 버전은 지난 시상식 때 바뀌었던 안무를 조금만 변경해서 다시 선보이는 무대가 되겠다.

최대한 많은 시선을 끌 수 있는 가장 좋은 퍼포먼스라고 생각했다.

연습 현장에서는 예전 시상식 연습을 할 때보다 많은 인원이 우릴 둘러싼 채 연습하는 모습을 지켜보고 있었다.

그중 일부는 우리 크로노스 팀 스태프들, 일부는 〈비갠 뒤 어게인〉 팀 제작진이었고 그를 제외한 대다수가 캘리아 로렌스의 스태프들이었다.

그렇다는 것은 오늘 연말 무대의 재연을 처음 보는 사람이 널리고 널렸다는 말이다.

처음 보는 사람이 많으면 많을수록 연습에 힘이 바짝 실리는 건 당연한 이치. 멤버들 모두 무대 위 못지않게 진지한 모습들이었다.

오기 전 잠깐 영상을 모니터링하기는 했지만 그래도 안무가 잘 기억나지 않기도 하고 체력 분배를 위해 첫 연습은 설렁설렁 하는 것이 맞는데.

아무래도 오늘은 빡세게 굴러 거의 기절한 채로 연습이 끝나려는 모양이다.

캘리아의 스태프들이 이곳을 보며 속닥이는 게 보였다.

영어이기도 하고 목소리도 작아서 뭔 말인지는 모르겠지만 수많은 댄서와 아까부터 계속 스트레칭하며 몸을 푸는 우릴 보고 쟤네 뭐 하려는 건가 궁금해하는 듯한 모습이었다.

난 저들을 잠시 지켜보다 말했다.

"자, 이제 연습 시작하시죠."

"네!"

댄서와 멤버들에게서 큰 소리가 나자 소곤거리던 스태프들의 시선이 일제히 우리에게로 향했다.

우린 각자의 자리로 향했다.

"처음이니까 잘 기억이 안 날 수도 있어요. 연습하면서 기억 안 나는 부분은 채워 가도록 합시다."

"네!"

"음악 주세요."

주한 형의 말이 있고 곧 연습실 내에 익숙하면서도 낯선 〈퍼레이드〉 리믹스 버전 도입부가 울려 퍼졌다.

음악 소리가 무서우리만치 웅장했다.

웅장하고 음산하고, 조금의 무서운, 캘리아는 이 무대의 음악에 초반부터 압도되는 느낌을 받았다.

"뭐야?"

캘리아가 괜히 옆에 선 스태프에게 말을 거는 동안 혼자서 여섯 명의 댄서들과 멀뚱히 서 있던 서현우가 고개를 숙인 채 무릎을 꿇었다.

"오늘은 댄스만 해?"

"아니야. 라이브야. 쉿. 한번 봐 봐."

레나의 단호한 즉답에 캘리아의 시선이 다시 서현우에게로 향했다. 캘리아뿐만 아니라 그녀의 스태프들 또한 초반부터 도입부 음악에 압도당해 어느새 저들이 무슨 무대를 보일지 집중하고 있었다.

장담하건대 캘리아네 스태프가 크로노스의 무대에 이렇게나 집중하는 건 처음이었다.

웅장한 노래 속에 백금발의 남자 멤버가 댄서 여섯 명과.

크로노스 멤버라는 백금발 머리의 남자는 그 외견과 분위기가 오늘따라 감정 없는 인형 같다고도 생각되었다.

그 순간 오페라처럼 웅장하던 전주가 바뀌고 서현우를 중심으로 댄서들이 꿈틀거리며 일어났다.

정체를 알 수 없는 무언가의 그림자를 표현하며 춤을 추다 무릎 꿇은 서현우에게 우르르 손을 뻗어 강제로 일으켜 세우는 안무.

앞으로 상체를 숙이고 있던 서현우가 일으켜 세워지며 몸이 뒤로 꺾이고 곡에 맞춰 도로 앞으로 숙여지더니 똑바로

선 채 정면을 바라보았다.

"진짜로 조금 무서워."

캘리아의 스태프 중 누군가가 작게 중얼거렸다.

하지만 무서운 분위기라도 시선을 뗄 수 없다. 일단 그런 분위기 자체가 흥미롭기도 하고 무엇보다 중심의 서현우에겐 사람들의 시선을 잡아끄는 무언가가 있었다.

그게 머리색인지 표정인지 아직 제대로 보이지도 않은 춤 때문인지는 몰라도.

서현우는 입을 다문 채 표정 하나 없이 댄서들과 안무를 췄다.

마치 괴물들에게 조종당하는 인형이 된 것처럼 댄서들의 손짓에 이리저리 휘둘리는 듯 힘없이 움직이는 모습.

중간중간 누군가에게서 들리는 감탄사. 캘리아는 자신도 모르게 양손을 모아 깍지 꼈다.

'이런 건 처음 봐.'

연습일 뿐이라 따로 옷을 갖춰 입지도 않았고 댄서들 중에서도 서현우만큼 밝게 염색한 사람이 있는데 그중에서도 유독 서현우에게 눈길이 가는 걸 보면 스타는 스타다.

솔직히 도입부와 서현우의 안무만 봤을 뿐인데 완전히 캘리아의 취향에 부합하는 퍼포먼스였다.

춤을 추던 서현우는 전주가 끝나고 여섯 명의 댄서들에게 붙잡혀 뒤로 끌려 들어갔다.

그러자 뒤에 서 있던 다른 멤버들이 다수의 댄서와 앞으로 천천히 걸어 나왔다.

Let the sky fall
Let the sky fall
Let the sky fall

고유준이 걸어 나오는 동안 음악엔 숨소리와 비슷한 목소리가 계속 스카이폴을 중얼거리며 섞여 나오고 가운데에 선 박윤찬이 자신의 파트를 불렀다.

"……라이브였억!"

캘리아의 입에서 흥분 가득한 목소리가 튀어나왔다.

잠시 댄스 퍼포먼스라고 착각하고 있었는데 이게 모두 곡 안무의 일부였단 말인가?

그것도 라이브로 소화 가능한.

미국 전 지역을 들춰도 이런 퀄리티의 춤에 라이브까지 소화하는 가수는 적어도 캘리아가 아는 한, 본 적이 없었다.

평소에도 춤 잘 추는 건 알고 있었지만 이건 퀄리티가 완전 다른 수준이었다.

"쉐엣! 나 이거 좋아! 레나!"

"알아. 나도 좋아! 얘네 정말 시선 끄는 법을 아네."

이것도 강주한이 셀렉한 것이었던가? 아무튼 머리 잘 돌아가는 리더다.

차마 스쳐 지나가지 못할 퀄리티의 퍼포먼스로 강렬한 인상을 심어 줘 놓고 내일 레코드사에서 내준 공연장까지 관객을 데려오겠다는 강주한의 생각, 아마 그의 계획대로 잘될 것이다.

내 세상에 들어온 건 너였잖아

곧 박윤찬의 파트가 끝이 나자 멤버와 댄서들의 뒤에 숨어 거친 숨을 내쉬던 서현우가 순식간에 표정을 바꾸며 몸을 튕겨 앞으로 나왔다.

하늘이 내려앉고 바닥이 무너져도
너는 내 곁에- Skyfall, Skyfall

여전히 보는 사람이 더 숨이 막히는 강렬한 안무의 라이브, 그러나 안무가 조금 바뀌었다. 카메라가 잘 찍어야만 임팩트 있게 보이는 등장 부분을 혹시 있을 부상을 고려해 조금 밋밋하게 바꾸는 대신 댄서들의 안무가 더 격하게 바뀌었다.

서현우는 그에 맞춰 춤을 추다 쓰러지듯 바닥에 엎드린 채 댄서들에 의해 빠르게 뒤로 끌려갔다.

그 이후 이진성, 그리고 이진성과 서현우의 페어 댄스. 지팡이를 이용한 안무와 서현우의 독무, 후반부 우르르 모여든 댄서와 휘날리는 깃발까지.

스태프나 제작진이나 자신들이 얼마나 그들의 연습을 집중해서 보는지 깨닫지도 못한 채 무대를 지켜보았다.

당시의 무대에서만 쓸 수 있었던 아무것도 하지 않고 가만히 선 채 시간을 흘려보내는 부분이나 세계관 스포를 위해 넣었던 부분은 모두 삭제되었다.

그래서 크로노스나 크로노스 스태프 입장에선 원래보다 좀 더 담백하고 옅어진 무대가 되었다고 생각했는데 이를 처음 본 사람들의 입장에선 또 그렇지 않은 모양이었다.

그들의 무대가 끝나고 사람들은 좋은 쪽으로 다시 웅성이기 시작했고 그것이 잘 들릴 리 없는 크로노스는 잠시 그들을 둘러보다 곧바로 다음 공연 라이브를 준비했다.

"×발, 만들었던 노래 싹 다 갈아엎어야겠네."

갑자기 욕을 하는 캘리아의 행동에 레나가 깜짝 놀라며 그녀를 바라보았다.

굉장히 짜증스럽게 말한 것에 비해 캘리아는 매우 기분 좋은 듯 웃고 있었다.

오늘의 연습은 다행히 기절할 때까지는 하지 않았다.

기절하기 전에 캘리아와의 인터뷰를 진행하러 향해야 했기 때문이다.

연습으로 축축하게 젖은 몸을 샤워하고 스타일리스트 누나의 도움으로 헤어와 의상을 세팅한 뒤 그냥 숙소에서 기다렸다.

캘리아 로렌스쯤 되는 인물이면 인터뷰를 할 때 인터뷰 장소로 찾아가거나 하지 않아도 되는 모양이다.

그녀가 있는 곳으로 그들이 직접 찾아온다고 했고 캘리아는 별것 아니라는 것처럼 숙소에서 기다리라고 했다.

"대답은 주한 씨랑 윤찬 씨가 메인으로 해 주셨으면 좋겠습니다. 인터뷰를 담당하는 방송사 측에게도 그렇게 말해 뒀고요."

"네."

"다른 세 분께도 질문은 돌아갈 거니까 언제든 대답할 수 있도록 준비하고 계세요. 리액션 잘해 주시고요."

"네!"

"그⋯⋯."

수환 형이 잠시 망설이다 조금 더 다가와 멤버들에게만 들릴 수 있도록 말했다.

"아마 캘리아 로렌스 씨 위주의 인터뷰가 될 거예요. 너무 실망하지 말고 아주 가끔 질문이 돌아오면 그냥 태연하게 대답해 주세요."

"그렇게 할게요. 수환 형. 너무 걱정 마세요."

주한 형의 말에 수환 형은 미안한 미소를 지었다.

"여러분들에게 돌아오는 질문도 캘리아 로렌스 씨에 대한 질문일 가능성이 많아서……."

한마디로 〈비갠 뒤 어게인〉 측과도 연관된 외신 인터뷰라 거절할 수가 없어서 그렇지 완전히 듣보 취급받을 수 있으니 각오하라는 말이었다.

아마 외신은 우리에게 많은 질문을 하지 않을 것이다.

해 봤자 캘리아 씨의 인터뷰가 상당히 진행된 이후 간단히 그룹 소개와 캘리아 씨와의 협업을 하는 기분이 어떤지 정도나 물어볼까?

한국에서도 데뷔 전 경연 프로그램의 극 초반 이외에는 겪어 본 적 없던 대우를, 미국에 와서 별 취급을 다 당한다 싶기는 한데 어쩔 수 없는 일이란 건 멤버 모두 알고 있었다.

우리의 이런 모습을 보는 고리들은 슬퍼할지도 모르지만 우리가 이곳에서 무명인 건 맞으니까.

주한 형은 어깨를 으쓱인 뒤 시계를 바라보았다.

"그런데 언제 와요? 왜 캘리아도 외신도 안 오지?"

"……형, 캘리아라고 불러?"

캘리아 씨가 아니라? 내가 묻자 주한 형은 뭐 별거인가 하는 식으로 고개를 끄덕였다.

"동갑이던데? 초면에 반말하길래 나도 하기로 했어. 근데 기분 안 나빠하더라. 영어는 왜 존댓말이 없냐?"

그걸 내가 어떻게 알아…….

간단히 대화나 나누며 시간을 보내고 있을 때였다.

"이딴 질문으로 인터뷰 못 한다 했어!"

"캘리아! 캘리아, 이미 왔잖아! 그냥 하자 응?"

"싫다고 했어. 한번만 더 권유해 봐. 나, 매니저 당신 해고할 거야. 망신 주려고 작정한 것도 아니고."

캘리아 씨는 무슨 일인지 화가 난 채로 우리 방에 들어오며 들고 있던 인터뷰지를 바닥에 던져 버렸다.

매니저와 언성을 높이는데 초반에나 좀 알아들었지 그 이후부턴 온갖 슬랭어나 욕설, 말 빠르기도 빨라 잘 못 알아들었다.

다만 인터뷰 내용에 불만이 있는 건 알겠어서 우린 눈치껏 얼어붙은 채 캘리아네 스태프와 촬영 준비 중이던 〈비갠 뒤 어게인〉 팀을 번갈아 보았다.

무슨 상황이고 왜 저렇게 화가 나신 걸까.

캘리아 씨는 모두가 보는 앞에서 매니저와 말싸움을 하더니 인터뷰 내용을 바꾸지 않는다면 안 할 거라 엄포를 놓고 자신의 방으로 돌아갔다.

당연히 매니저도 그녀를 따라 나갔고 공간엔 어색한 정적만 잔뜩 흘러넘쳤다.

"무슨 일이에요?"

고유준이 묻자 제작진은 모르겠다는 듯 고개를 젓고 그제
야 주섬주섬 캘리아를 만나러 갔다.

진성이가 눈치를 보며 캘리아가 던진 종이를 가져와 주한
형에게 건네주었다.

"형, 이거 뭐라고 적힌 거야?"

"인터뷰 내용이 별로라고 하지 않았나? 내가 잘 못 알아듣
기는 했는데."

고유준의 말에 주한 형이 인터뷰지를 훑어보더니 고개를
끄덕이곤 헛웃음을 쳤다.

"우리 이야기 하나도 없네."

내가 손을 내밀자 주한 형이 인터뷰지를 건네주고 멤버들
에게 내용을 말해 주었다.

인터뷰 질문지를 천천히 둘러보았다.

많은 것들을 해석할 수는 없지만 한 가지는 알 수 있었다.

이 질문지에 크로노스란 그룹 이름과 각 멤버의 이름이 담
긴 부분은 한 군데도 없었다.

오로지 캘리아, 멤버들에게 향하는 질문도 캘리아에 대한
것뿐.

예상은 했던 바이지만 예상보다 더욱 극심한 대우에 눈앞
이 흐려질 정도였다.

생각해 보면 우리에게 흥미 있는 사람이 얼마 되지 않으니
인터뷰의 재미를 위해선 당연한 거겠지만 좀 무례하기까지

하다고 생각되었다.

인터뷰지를 보고 있는 나도, 주한 형에게 이에 대한 내용을 들은 멤버들도 기가 죽어 침울해 있을 때 제작진과 이야기를 나누러 갔던 수환 형이 굳은 얼굴로 돌아왔다.

"여러분, 오늘 인터뷰는 미뤄질 듯합니다."

"아, 언제로요?"

"아직 정해지지 않았습니다. 캘리아 로렌스 씨가 내용을 바꾸기 전까진 절대 하지 않겠다고 방문을 걸어 잠그셨대요. 결국 외신 측에서 내용을 전면 수정해서 다시 오는 쪽으로 협의되었습니다."

"아……."

정말 탄식 소리밖엔 나오지 않았다.

인터뷰할 거라고 헤어와 메이크업에 예상 답변까지 연습해 본 우리가 초라해지는 순간이었다.

차마 아무도 말을 잇지 못하고 그저 땅만 쳐다보고 있었다.

제작진도 분위기가 좋지 않아 한숨을 푹푹 내쉬며 인터뷰 장면 촬영을 위해 설치한 장비들을 모두 정리했는데, 그 와중에도 우린 소파에 앉은 그대로 아무 행동도 하지 않았다.

"그."

우리가 실망한 기색이 역력하자 결국 수환 형이 제일 먼저 입을 열었다.

"캘리아 로렌스 씨는 여러분들에 대한 내용이 전혀 없어서 화가 나신 거라고 합니다."

"……."

"여러분을 선택한 자신을 무시하는 거나 다름없다고 같이 협업하는 거 보면 크로노스가 얼마나 뜨게 될지 감이 안 잡히냐고요."

캘리아 로렌스는 자신의 커리어에 대한 자부심이 매우 크다.

자신의 위치와 영향력을 잘 아는 그녀는 자신이 진행하고 있는 일, 협업하고 있는 사람에겐 전혀 관심이 없고 오직 캘리아 로렌스만이 카메라에 담기길 목표하는 인터뷰의 형태가 매우 불쾌했던 모양이다.

평소에도 새로운 앨범에 대한 인터뷰 중 스캔들이나 다이어트 비결처럼 뜬금없는 것을 물어보면 즉시 중단, 또는 대놓고 화를 내는 경우가 많기로 유명해서 그렇게 특이한 일은 아니었다.

솔직히 그 상황을 우리도 겪을 줄은 몰랐지만.

"아무튼 그렇게 되었습니다. 여러분들이 어떻게 생각하실지는 모르겠는데 긍정적으로 생각해 봅시다. 오늘 인터뷰는 취소됐지만 대신 인터뷰에서 크로노스의 분량이 대폭 늘어나게 된 셈이에요."

"……맞아요. 잘됐네요. 알겠습니다."

"어차피 조금 뒤에 공연해야 하니까 메이크업은 지우지 마시고 잠시 쉬고 계세요."

"네. 수고하셨습니다!"

이윽고 우릴 위로해 주던 매니저 수환 형도 크로노스 팀 스태프들과 함께 방을 떠났다.

크로노스만이 남은 공간.

마이크도 없고 사방에 달린 카메라도 꺼져 있어서 짜증스러우리만치 우울감을 달랠 만한 구석이 없었다.

"나 좀 기분 이상하다. 왜 이러냐."

고유준이 눈을 내리깐 채 제 손톱을 괴롭혀 댔다.

"수환 형이 말했잖아. 잘된 일이야, 우리 분량이 늘어나게 된 건. 그러니까 기분 나빠하지 말고 다들 그냥 쉬어."

"형, 그건 결과론적이고."

주한 형의 말에 반박하듯 단호히 말하는 고유준의 목소리에 내 시선이 빠르게 돌아갔다.

"우리 분량이 늘어났으면 된 거야? 형은 기분 안 나빠? 뭘 기분 나빠하지 말고야. 갑작스러운 취소만 지금 몇 번째-."

"야, 너 지금 누구한테 화풀이하냐?"

내가 고유준의 말을 끊자 고유준은 날 노려보다 한숨을 쉬며 일어났다.

"괜한데 화냈네. 잠시만 좀 가라앉히고 올게."

"혀엉……."

진성이가 고유준을 따라 함께 방으로 들어갔다.

안 그래도 지금까지 잘 참는다 했다. 고유준이 아무리 사람이 좋아도 지난 캘리아 로렌스 일방적 캔슬 건과 오늘 것까지, 크로노스의 자존심이 몇 번이나 무너진 상태.

티는 안 냈겠지만 고유준도 다른 멤버들도 아직 어린 나이다.

먼 나라에 와 있는 것과 더불어 계속해서 이어지는 돌발적인 상황에 지칠 때도 되었다고 생각한다.

그렇다고 죄 없는 주한 형한테 화내는 건 하면 안 되지만.

난 주한 형을 힐끔거렸다.

주한 형은 눈을 끔뻑거리며 고유준이 들어간 방을 쳐다보고 있었다.

"형, 쟤가 오늘 컨디션이 좀 안 좋았어. 곧 있으면 사과하러 나올걸. 예전에도 맨날 그랬잖아."

예전이라고 해도 원래 고유준과 주한 형은 잘 안 싸웠고 애초에 연습생 시절의 사소한 것들은 기억이 가물가물하지만.

아무튼 누가 잘못해도 고유준이 일단 사과하고 끝냈던 건 기억에 확실히-.

"형?"

"주한 형, 괜찮으세요?"

한참이나 방문을 쳐다보던 주한 형이 벌떡 일어났다.

그러곤 윤찬이와 내가 말릴 새도 없이 고유준이 있는 방을 향해 문을 벌컥 열어젖혔다.

내가 봤던 주한 형의 모습 중 가장 저돌적이고 파워풀하며 빠른 몸짓이었다.

"뭘 진정시켜? 이 새끼. 너 이리 와! 형한테 그게 뭔 말버릇이야!"

"혀, 형? 이거, 이거 협찬! 아아악! 아야! 협차아아악!"

주한 형은 방에 들어가자마자 진성이를 밀어내고 고유준의 멱살을 잡다 화에 못 이겨 엉덩이를 걷어찼다.

"잘못했다고! 아!"

협찬이라는 소리에 멱살을 쥔 손을 내려갔지만 대신 등짝을 연속으로 맞은 고유준은 급하게 주한 형의 손을 태극권으로 막고 내 뒤에 숨었다.

"형님, 제가 진짜 잘못했습니다. 진짜로. 내가, 아이고, 내가 그러면 안 됐는데! 이놈의 입이! 입이!"

고유준이 제 입을 손으로 때리자 주한 형이 인상을 팍 찌푸렸다.

"주둥이에서 손 치워라. 메이크업 지워진다, 새끼야."

"네, 형님."

"내 동생한테서 떨어져라. 죽여 버린다, 진짜."

"……아니 형, 나도 형 동생인, 네, 형님, 제가 감히 아우님을 몰라뵙고."

내 어깨에 올라와 있던 고유준의 손이 서서히 치워지고 고유준은 훌쩍이는 척 나에게서 떨어졌다.

그제야 생각났다.

연습생 시절 누가 잘못을 했든 사과는 고유준이 먼저 했었던 이유.

그때 당시엔 고유준의 말투는 지금보다 더 날카로웠고 주한 형은 누가 잘못했든 말버릇 나쁜 꼴을 못 봐서 항상 멱살잡이로 동생들을 평정했기 때문이다.

대표적인 희생자가 이진성이며 그다음이 고유준이다.

아무튼 인터뷰 캔슬로 가볍게 일어난 다툼은 언제나처럼 주한 형의 멱살잡이로 어떻게든 가라앉힐 수 있었다.

인터뷰는 가까운 시일 내로 미뤄졌고 그로 인해 우울해지든 기분이 상하든 우리는 변함없이 공연과 촬영을 이어 가야만 했다.

저녁 8시의 광장.

활짝 불을 밝힌 여러 가게들과 거리의 조명들이 낮에는 볼 수 없는 화려한 풍경을 만들어 냈다.

이를 구경하기 위해 사람들은 더욱 많아졌고 우린 곧 이곳에서 공연을 하게 된다.

처음으로 밤에 하게 된 공연. 밤 야외 공연만의 들뜸과 설렘 덕분인지 오늘은 그리 많이 긴장되지는 않았다.

원래는 밤 아니면 이곳을 빌리기 매우 힘들어서 어쩔 수 없이 이 시간대의 공연이 되었다고 했는데 풍경을 보니 오히려 잘됐다는 생각이 들었다.

"이제 슬슬 들어갈까?"

"네!"

레나 선배님의 신호와 함께 우리는 수많은 사람이 지나다니는 거리의 한가운데, 악기와 마이크가 세팅된 곳으로 향했다.

사람들의 시선은 하나둘씩 모이기 시작했고 우린 뜸들임 없이 곧바로 공연을 시작했다.

밤의 공연이니 밤에 연인과 함께 듣기 좋은 달달한 노래 위주로 셀렉이 이루어졌다.

꼭 실력이 확실히 드러나는 곡이 아니지만 선곡만으로 사람들의 시선을 끌기 충분한, 분위기 있는 곡들.

특이한 점이라면 이전과는 달리 사람들은 휴대폰 촬영 대신 기분 좋은 표정을 지은 채 우리 노래에 집중해 주고 있다는 것이었다.

각자의 노래가 끝난 뒤 박수와 호응도 많이 해 주었다. 밤거리만의 분위기를 즐기러 온 사람들이기에 그런 걸까?

정말 많은 사람들이 마지막까지 흩어지지 않고 우리의 공연을 봐 주었다.

물론 그중엔 아침보다 더 많이 모여든 우리 고리들도 있었다.

주한 형이 대표해서 관객들에게 인사하고 다음으로 〈퍼레이드〉가 소개되었다.

처음엔 차분하게 설명만 듣던 관객들은 사방에서 튀어나오는 다수의 댄서들을 보며 환호를 보내거나 놀라움을 담은 감탄사를 내뱉었고, 분위기가 바뀌었음을 알아차린 일부—고리들이 많았다—는 카메라를 챙겨 들었다.

타이밍이 좋다고 해야 할지 딱 〈퍼레이드〉 순서에 맞춰 광장을 환하게 비추던 가게 몇 군데의 불이 꺼졌다.

조금 더 어두워졌지만 이 공연의 음산한 느낌을 생각하면 오히려 좋다고 생각했다.

무릎을 꿇은 채 고개를 숙이고 잠시 기다리자 곧 스산한 곡의 전주가 시작되었다.

곡의 분위기와 크로노스의 안무, 그리고 노래.

지금까지의 미국 공연 중 이렇게 많은 시선을 끌었던 무대가 있던가.

지금까지 크로노스의 공연 중 가장 레전드라고 불렸던 연말 공연의 재연은 언제, 어디에서, 어떤 환경에서 해도 명성 그대로의 모습을 보여 주었다.

그게 길거리 공연일지라도 말이다.

정말 많은 사람들이 무대를 추억 속에 담기 위해 촬영을 이어 나갔고 많은 SNS에 빠르게 올라가면서 미국 포털 사이트 실시간 트렌드에 그룹 이름을 대신해 공연 장소가 올라가기도 했다.

크로노스 인생 처음으로 미국의 SNS 검색어 랭킹에 올라간 상황. 그러나 공연하는 중이니 그걸 알 리 없는 크로노스는 왜 갈수록 관객들이 늘어나는지도 모르고 그저 즐겁게 공연을 이어 나갔다.

멤버들은 내일 있을 소형 공연장 공연에 대한 안내까지 한 후 무사히 무대를 마무리하고 나서야 자신들에게 무슨 일이 일어났는지 알게 되었다.

♪♫♬

"캘리아 매니저한테 들었는데 인터뷰 내용을 다시 한번 바꾸겠다고 연락 왔대."

"이미 한번 바꿨다고 하지 않았어요?"

진성이의 물음에 레나 선배님이 휴대폰을 뒤적거리며 고

개를 끄덕였다.

"한번 바꿨는데 또 바꾼대. 그 뭐야, 크로노스 분량 대폭 늘리려는 생각이겠지. 설마 그사이 트렌드 반영까지 될 줄 걔네도 몰랐을 테니까. 그것보다 이거 봤어, 너희?"

레나 선배님이 자신의 휴대폰 화면을 보여 주었다.

오늘의 공연으로 미국 포털 사이트 트렌드에 올랐던 게 한국 연예 기사로 대대적으로 보도된 모양이었다.

크로노스 이름이 올라간 것도 아니고 '공연 장소'와 'K-POP'이 잠깐 트렌드로 올라간 것인데, 그것만으로도 엄청난 화제가 되었다며 굉장히 큰 과장과 함께 기사가 올라갔다.

좀 민망하긴 했지만 그래도 기분이 좋았다.

공연 전까지만 해도 기분이 안 좋아 보이던 고유준도 그 덕분에 완전히 풀린 모양이고.

"아무튼 너무 축하하고. 너무 자랑스럽고 기특하다, 얘들아."

레나 선배님은 휴대폰 화면을 끄고 저 멀리 던져두었다.

"이제 다시 공연 이야기로 돌아가자면, 우리 이제 공연 딱 두 개 남은 거 알지?"

"네!"

다음 공연은 캘리아 로렌스의 레코드사에서 준비해 준 소형 공연장, 다음은 레나 선배님이 발로 뛰어 섭외하신 대규

모 페스티벌 초대 공연이었다.

"페스티벌 공연은 너희 무대까지 해서 모든 공연이 생방송으로 인터넷에 중계될 예정이고, 내일 소형 공연장도 인터뷰랑 더불어 일부 무대가 해당 외신 너튜브 채널에 올라가기로 되어 있어."

"네에……."

한마디로 규모가 지금까지의 길거리 공연의 몇 배로 커진다는 것이었다.

"여기라고 사람들 눈이 한국이랑 별반 다를 거 없다는 건 공연하면서 알게 됐을 거야. 너무 긴장하거나 걱정하지 말고. 실수해도 괜찮으니까 즐겁게 잘해 보자."

"네! 열심히 하겠습니다!"

레나 선배님은 힘내라 격려한 후 연습실을 나섰다.

또 프로듀서 팀과 함께 카메라를 대동하고 이곳저곳 미팅하러 가시는 모양인데, 오늘은 또 어떤 큰 소식을 가지고 올지 기대를 넘어 조금 겁이 날 정도로 열정적이셨다.

"연습 시작할까?"

"엉."

"다음 공연은 공연 시간이 좀 길어서. 단체곡 수를 늘려도 될 것 같아. 좀 하드하게 가려고 하는데 님들 체력 가능?"

"가능~."

"형 나도! 완전 가능."

"네, 괜찮아요. 형."

"응. 알았어. 뭐 할 건데?"

연이은 공연 성공으로 이젠 해외 공연에 대한 중압감과 두려움이 다들 많이 사라진 상태라 곡 수가 늘어나도 거리낌 없이 평온하게 연습을 이어 나갔다.

규모가 큰 공연도 연말 무대로 한 적은 있으니까 마지막 페스티벌까지 어떻게든 잘 끝나지 않을까?

무난히 촬영도 공연도 마무리할 수 있을 거라고 생각했다.

그러나 별것 아니라고, 평소에도 곧잘 넘겼던 것들이 갑작스레 문제를 일으킬 줄이야.

"이때 5번, 6번 위치에 있는 애들 누구야?"

제작진의 물음에 나와 진성이가 손을 들었다.

"저희요."

"폭죽이 연속으로 터질 거거든. 꽤 뜨거워. 진짜 다칠 수도 있으니까 평소보다 조금 뒤로 물러서서 서야 해. 앞에 화면에 폭죽 터진다고 신호 보내 줄게."

"네!"

와, 폭죽. 웬만해선 비싸다고 1위 후보가 아니고서야 잘 안 터트려 주는 건데.

이런 곳에서 또 방송국이 〈비갠 뒤 어게인〉에 얼마나 큰 투자를 하고 있는지 새삼 깨닫는다.

폭죽이야 지금까지 1위 후보를 하며 몇 번이나 피한 적 있으니 신호만 주의해서 잘 본다면 무난히 피할 수 있다.

평소보다 긴 공연이니만큼 리허설을 여러 번 하고 밥도 잘 챙겨 먹었다.

딱히 긴장은 되지 않아서 비하인드캠 앞에서 이 이야기 저 이야기 하며 놀기도 했다.

"윤찬아, 저번에 고유준이 '자기야' 하면서 영통(영상통화) 했던 거 알아?"

"네, 알아요. 너튜브에 올라간 거 봤어요."

"그거 고리들이 멤버별로 해 달래. 윤찬이도 하자."

"아…… 음…….."

"현우 또 후회할 짓 한다. 그런 거 찍으면 내년쯤 흑역사로 남는다? 아니 내일 바로 부끄러워서 자다 말고 이불 찰걸."

주한 형이 머리 드라이를 하며 이쪽을 힐끔거렸다.

"아, 왜. 다 하자. 고리들이 원한다잖아. 형, 형? 강주한 씨?"

혼자 흑역사 남기기 싫었던 고유준은 주한 형을 다양한 호칭으로 불러 대다 끝까지 무시당하자 이번엔 진성이를 괴롭히기 시작했다.

"성아, 너 저번에 하다 말았잖아. 형이 찍어 줄까?"

"아, 싫어. 지금은 안 해."

"너 우리 막둥이 물귀신처럼 끌어들이지 마라?"

"……주한 형은 나 빼고 다 내 동생이지? 너무하다. 강주한 너무함."

"아, 무슨 소리야? 네가 까불지만 않으면 예쁘지……. 여러분, 쟤 좀 성가시지 않아요?"

주한 형이 비하인드캠에 대고 말했다.

고유준은 그러든가 말든가 깔깔 웃으며 이번엔 나한테 와선 손을 내밀었다.

"휴대폰 줘 봐. 윤찬이 전에 네가 찍-."

"아, 왜? 윤찬이 찍고 윤찬이한테 부탁할 거야."

고유준한테 왜 부탁을 안 했겠어. 분명 찍어 주는 동안 일부러 장난치며 민망하게 만들 것 같아서 안 한 거다.

"그럼 윤찬이가 너 찍을 때 옆에서 보고 있어도 됨?"

"싫."

"열받."

고유준은 멤버 모두에게 거절당하고서야 장난칠 마음이 가셨는지 가만히 앉아 허밍하며 노래 연습을 시작했다.

나도 윤찬이에게 촬영을 거부당하고 가만히 앉아 가사를 외우고 있을 때 수환 형이 대기실로 들어오며 말했다.

"여러분, 좌석 꽉 찼다고 합니다."

"어? 진짜요?"

"녜에? 헐!"

사전 입장 예약 없이 선착순으로 들어오는 공연.

홍보라곤 캘리아 로렌스가 인터뷰 질문 상태로 인해 무척 화가 나는 바람에 어제의 공연에서 언질만 한 것이 전부였다.

SNS에서 크게 이슈가 되었다고 해도 언어도 다른 무명의 공연이라 좌석이 꽉 차는 건 기대도 못 했는데.

몇 명이라도 그 공연으로 인해 들어온다면 기뻐하며 열심히 하려 했었다.

"다들 여러분 공연을 보고 좋아서 오신 분들과 고리분들로 가득하니까 실망시키지 말고 열심히 합시다."

"네!"

곧 제작진이 시작 시간이 다가왔음을 알려 주고 스태프의 안내를 받아 공연장 뒤로 향했다.

와, 공연장에서 공연하는 게 얼마만이지.

미국에 온 뒤로 무조건 야외, 거리에서만 공연했던 터라 이런 실내 공연장의 소란스럽고 복잡한 광경이 반가웠다.

인이어를 끼고 마이크를 전달받은 후 차례가 되기를 기다렸다.

첫 번째 차례는 주한 형의 솔로.

처음으로 피아노 연주와 함께하는 공연이었다.

밴드와 함께 주한 형 혼자 밖으로 나가자 한국과는 조금 다른 느낌의 환호 소리가 들려왔다.

그중 간간히 주한 형의 이름을 제대로 불러 주는 사람들은 고리들이겠지.

주한 형은 여유롭게 영어로 자기소개를 하고 앞으로 있을 공연과 지금 자신이 부를 곡까지 소개했다.

주한 형이 피아노 앞에 앉자 관객석에서 작은 감탄사가 터져 나왔고 분위기에 맞도록 조명이 바뀌었다.

역시 공연장에서 공연하는 게 몰입감은 좋구나.

조명만으로 분위기 조성이 끝나고 관객석도 그에 맞춰 조용히 해 주는 것을 보니.

곧 주한 형의 피아노 연주 소리와 함께 노래가 시작되었다.

주한 형 특유의 담백하고 담담한 소리. 조금 호불호는 갈릴지 몰라도 바이브레이션과 가성 처리를 몹시 깔끔하게 잘해서 참 좋은 실력 좋은 목소리였다.

1절은 오직 피아노 연주와 목소리로만 2절은 밴드와 함께.

정말 저 형도 실력 좋은데 매번 선보일 기회만 있으면 트로트를 부르거나 〈멍멍냥냥〉 같은 걸 불러서 좀 아쉬웠다.

"이제야 제대로 보여 주네."

고유준도 같은 생각인지 자기가 더 자랑스레 웃고는 굉장히 집중해서 본 공연을 감상했다.

주한 형은 자신의 무대를 마치고 고유준을 배려해 고유준의 공연까지 영어로 전부 설명해 준 뒤 퇴장했다.

덕분에 고유준은 간단한 인사와 곡 제목만 말한 뒤 바로 노래로 넘어갈 수 있었다.

고유준이 선택한 곡의 전주가 울려 퍼졌다.

곡이 재생되자마자 여기저기 터져 나오는 감탄사. 오늘의 세트리스트 중 가장 대중적이면서 부르기 어려운 곡인데 고유준이 무척 잘 소화해서 연습생 시절에도 곧잘 불러 오던 노래다.

뭐 더 말할 필요가 있을까.

난 그냥 습관적으로 분석하려던 것을 멈추고 눈을 감았다. 그저 안정적인 저 좋은 목소리를 감상하면 되는 것이다.

호불호 없는 고유준의 목소리에 관객들이 집중했다.

자랑스러울 만큼 청각을 휘어잡고 그 텐션을 끝까지 유지한 채 마무리했다.

이 무대에 나를 포함한 멤버들이 얼마나 집중했는지는 나를 찍고 있던 PD님이 인터뷰 겸 언질을 주고서야 알 수 있었다.

"오우, 나 오늘 컨디션 너무 좋은데? 나 좀 잘 불렀다. 인정?"

"인정."

난 엄지를 추켜들며 고개를 연달아 끄덕였다.

"너 진짜 잘 불렀어. 관객들 봤어?"

"아니 긴장해서 못 봤음."

"관객도 그렇고 우리도 그렇고 한마디도 못 하고 무대만 봤다. 잘했어. 잘했어."

내가 말하자 자화자찬하던 고유준은 어디 갔는지 그 정도는 아니라고 민망해하며 대기실로 사라졌다.

다음 무대는 윤찬이와 레나 선배님의 듀엣 무대.

사실 처음 정해졌을 때까지만 해도 레나 선배님도 윤찬이 못지않은 미성이라 두 사람의 목소리가 잘 어울릴지 확신이 없었다.

그러다 리허설을 보자마자 걱정이 싹 날아갔지만.

어제 윤찬이가 레나 선배님과의 연습에 대해 정말 많은 것을 배웠다고 신나서 말했었다.

레나 선배님께 배웠던 것을 하루 만에 잘 적용한 모양으로 평소 잘 들을 수 없던 발성과 테크닉을 선보였다.

레나 선배님과 윤찬이는 목소리의 분위기가 굉장히 비슷한데 비슷한 분위기에 더해 발성까지 고치니 더없이 듣기 좋은 듀엣이 되었다.

오늘 멤버들은 정말 하나같이 최고로 좋은 무대를 보여 주고 있었다.

"현우 씨, 다음 차례 준비해 주세요."

"네."

난 긴장을 떨쳐 내듯 숨을 내쉬고 인이어를 꼈다.

첫 미국 공연장 공연인 만큼 기합 넣고 어려운 곡을 선곡했지만 연습이나 리허설이나 무난히 불렀고 다행히 나 또한 오늘은 컨디션이 좋았다.

"Thank you."

"감사합니다."

레나 선배님과 윤찬이는 능숙한 영어 솜씨로 간단한 대화를 나누고 다음 차례인 나와 내가 부를 곡 소개까지 해 주었다.

두 사람이 반대쪽 무대로 내려가고 난 스태프의 신호와 함께 무대로 올라갔다.

올라가자마자 반갑게 맞아 주는 환호 소리.

그중 크게 내 이름을 불러 주는 사람들은 딱 봐도 고리들이겠지.

"Hi."

간단한 인사와 함께 머쓱하게 웃자 내 목소리의 배에 달하는 대답들이 들려왔다.

"The song I'm going to sing is called 〈To.〉(제가 부를 곡은 〈To.〉라는 노래입니다)."

아는 사람들만 아는 곡인데 오랜 연인과의 결혼을 원하는 프러포즈 곡으로 굉장한 달달함을 선사한다.

고음이 많다거나 어려운 테크닉을 요구하는 곡은 아니지만 덤덤한 목소리로 달달한 사랑을 읊조리는, 감정 컨트롤이 훨씬 어려운 노래다.

이 곡을 아는 사람들에게서 호응이 일었다. 난 마련된 의자에 앉은 채 곧 울려 퍼지는 전주를 들으며 감정을 잡아 나갔다.

I think the frequent quarrels were meaningful.
(잦았던 다툼엔 의미가 있었다고 생각해)
It's about our relationship
(우리의 관계에 대한 거야)
It was a process to get to know each other
(서로를 알아 가는 과정이었어)

최대한 덤덤하게.

오랫동안 날 지지해 준 연인에게 함께할 미래를 속삭이듯 다정하게.

다정함과 애정, 덤덤함을 목소리로 표현하는 것이 굉장히 어려웠지만 인이어로 들리는 목소리는 그럭저럭 만족스럽게 흘러나오고 있었다.

Trembling mind and ring hidden in your pocket

(떨리는 마음과 반지를 주머니에 숨긴 채)

Talk to you

(너에게 말을 해)

Will you be with me forever?

(앞으로도 함께해 줄래?)

　겨우 긴장을 풀고 관객석을 보았을 때 눈에 띄는 건 백 허그를 하고 있는 연인이었다.

　그들은 완전히 곡에 심취해 이리저리 리듬을 타다 귓속말로 무언가를 속삭이기도 했다.

　난 기분 좋게 웃으며 그들과 눈을 맞추고 계속해서 노래를 불렀다.

　노래에 맞춰 준비한 것이 있었는데 아쉽게도 그건 못 하고 '달링 메리 미'를 외치며 짧게 있는 고음을 마지막으로 성공적으로 무대를 마무리했다.

　다음은 진성이의 무대.

　나는 영어를 잘하지 못하는 편이지만 진성이는 나보다 영어를 훨씬 더 못하는 편이기에 주한 형, 레나 선배님, 윤찬이가 그러했듯 나 또한 진성이에 대한 소개를 대신 해 주고 무대에서 내려왔다.

　"와, 엄청 뜨거웠다, 조명이. 그래도 즐거웠어요."

　내가 내려오며 카메라에 대고 중얼거리는 사이 고유준과

주한 형이 키득거리며 다가와 내 주머니를 열심히 뒤져 대기 시작했다.

"아, 왜. 하지 마라. 만지지 마, 둘 다."

이리저리 움직이며 두 사람의 손길을 열심히 피해 봤지만 결국 내 안주머니에 있던 반지 케이스는 고유준의 손에 들어갔다.

주한 형과 고유준은 날 놀릴 기세 만만이었다.

"이거 왜 안 했어? 부끄러웠어?"

"야, 한번 하기로 마음먹었으면 해야지. 왜 안 해? 이 형님 기대하고 있었는데."

"형 실망했다, 현우야."

고유준이 주한 형을 가리켰다.

"이 형은 카메라까지 켜 뒀는데."

"그래서 안 한 거야."

이 나쁜 놈들아.

그냥 달달한 무대에 너무 밋밋하지 않을까 해서 작게 준비한 쇼 중에 하나였다.

마지막쯤 프러포즈하듯 반지를 꺼내 드는 작은 움직임 정도.

하지만 리허설에서 그걸 본 멤버들이 어찌나 폭소를 해 대던지.

얼굴이 붉어질 정도로 멤버들, 수환 형까지 놀려 대는 통에 결국 본무대에선 꺼내지 못했다.

눈앞에서 연인이 내 노래를 들으며 분위기 타고 있는데 거기서 반지 꺼내 들고 생쇼 하다가 분위기 깨기 싫었단 말이다.

"아, 됐어! 반지 줘. 누나한테 돌려줘야 해."

이걸 위해 최근 결혼한 스타일리스트 누나의 반지까지 빌렸건만, 무용지물이 되었다.

그러고 싶지 않은데 멤버들의 놀림에 얼굴이 달아올랐다.

뭔가 재밌어 보이는 상황이 계속되자 〈비갠 뒤 어게인〉 PD님이 귀신같이 알곤 카메라에 이 모습을 담기 시작했고, 그 사실을 알아차린 주한 형과 고유준은 더 신나서 날 놀려대며 반지에 대한 이야기를 카메라에 대고 말했다.

"아, 그만해! 빨리 줘. 형, 그거 내가 아니고 스타일리스트 누나한테 혼날걸. 그거 누나 꺼야."

"누나는 나 안 혼내. 누나가 날 얼마나 좋아하는데."

주한 형이 자신만만하게 말하며 나에게 리허설에서의 반지 쇼를 재연하라 요구했다.

"카메라에 대고 하면 돌려줄게."

난 씨익씨익거리며 주한 형을 노려보다 결국 시간의 압박에 못 이겨 카메라에 대고 무릎을 꿇었다.

"달링 메리 미."

그러곤 반지 케이스를 열어 카메라에 내밀었다.

내 얼굴이 하나도 안 보이는데도 빨개진 건 알겠다. 난 빠르게 일어나 대기실로 도망쳐 버렸다.

"왜 팀킬을……."

중얼거리며 달리는 동안 뒤에서 주한 형과 고유준이 깔깔거리는 소리가 들려왔다.

진성이의 무대가 끝나고 잠시 휴식 시간.

레나 선배님과 캘리아 로렌스 씨의 무대가 이어지는 중 우리는 의상을 갈아입고 다음 무대를 위해 대기했다.

"다들 리허설해서 알고 계시겠지만 한번 더 말씀드리면 무대가 지금까지 거리 공연했던 곳에 비하면 좁아요. 이게 높이가 낮아도 잘못 떨어지면 크게 다치니까 정말 조심하셔야 합니다."

"네!"

"그리고 아까도 말씀드렸다시피 연속으로 폭죽 터지는 거 신호 잘 보셔야 하고, 뜨거우니까 조금 뒤로 물러나 주셔야 합니다. 혹시 현우 씨랑 진성 씨 거리가 너무 가깝다 싶으면 안 터트릴 거라서 그 부분은 안심해 주세요."

"부탁드리겠습니다!"

"혹시 그 외에 무대 진행하면서 좀 불편한 게 있으시면 말씀해 주세요. 리허설 때랑 달라진 점이라든가."

마지막은 크로노스 댄스곡이 연속으로 이어지기 때문에 오랫동안 무대에 서 있어야 한다.

그렇기에 스태프들의 긴장은 극에 달해 있었다.

나는 멤버들을 둘러보는 스태프를 향해 손을 들었다.

"저요."

"네, 현우 씨."

"조명이 엄청 뜨겁던데 혹시 조절 가능할까요? 가뜩이나 평소보다 가까운데 가열되기까지 해서."

"아, 맞아요. 엄청 더워요, 진짜."

진성이가 극공감을 하며 말했다.

"그랬어? 난 초반에 해서 못 느꼈나 보다."

소형 공연장이다 보니 음악 방송에 비해 조명이 노후했기도 하고 높이가 낮아 그 온도가 꽤 적나라하게 느껴졌다.

윤찬이는 온도에 둔감한 편이고 고유준과 주한 형은 비교적 초반이라 뜨거움을 못 느낀 듯하지만 나와 진성이는 거의 여름의 뜨거운 태양 아래에 있는 기분을 느껴야만 했다.

가뜩이나 조명에 예민한 터라 저러다 뭐라도 녹아서 터지면 어쩌나, 잠깐잠깐 불안함이 들기도 했었다.

리허설 때는 잠깐씩 쉬어서 조명이 식을 틈이 있었기 때문에 아무도 몰랐던 거지.

나와 진성이의 말에 스태프는 잠시 당황하더니 무전을 돌리고 고개를 끄덕였다.

"네, 그럼 캘리아 씨 무대 끝나고 잠깐 식혔다 갈게요. 근데 오래 기다리진 못해서 열기가 많이 줄진 않을 거예요."

"네."

"그럼 조명은 무대 관리 쪽에 말씀드렸고 폭죽 조심하시고요. 또-."

"아! 너무 뜨거워! 리허설 땐 이 정도 아니었는데 심한데요? 잠깐 식혔다 가야 할 거 같아. 정수리 구워지는 줄 알았어."

그사이 무대를 마친 레나 선배님이 자신의 정수리를 만지며 인상을 찌푸리고 다가왔다.

나처럼 앉아서 노래만 부르신 분이 땀까지 흘리며 내려오니 스태프는 놀란 얼굴로 황급히 수건을 가져다주며 다시 한번 무전했다.

"잠시 쉬었다 갈게요."

그렇게 15분 정도 지났을 때, 아직 무대의 열기가 채 식지 않은 상태로 우린 공연을 재개했다.

아직 조명의 열기가 채 식지도 않은 상황이었다.

하지만 멤버들은 그럭저럭 이 상황에 적응하고 있었기에

나도 빨리 이 뜨거움에 적응해야만 했다.

"무대로 올라가실게요!"

"네!"

스태프의 말에 우렁차게 대답하며 멤버들이 차례로 무대 위로 향했다.

'역시 아직 뜨겁다.'

잠깐 조명을 식히려 노력해 봤자 공연이 시작되면 다시 온도가 올라갈 것이다.

확실히 말해서 난 지금 굉장히 불안해하고 있었다.

난 자꾸만 조명으로 향하려는 시선을 참고 관객들에게 미소 지어 보였다.

이 생각 저 생각, 아무리 기분이 안 좋아졌어도 난 지금 사람들 앞에 서 있다는 걸 잊어선 안 됐다.

"여러분 무대 장비를 체크하느라 잠시 휴식 시간이 생겼었어요. 다들 기다려 주셔서 감사합니다."

주한 형의 말에 관객들은 괜찮다며 호응을 보내왔다.

주한 형은 그들에게 감사하다는 말을 하며 서둘러 무대 소개를 했다.

예상치 못한 휴식이었던 탓에 조금 촉박하게 진행해야만 했다.

첫 무대는 〈크로노스〉.

멤버들은 주한 형의 곡 소개가 끝나자마자 나를 남겨 두고 모두 무대 뒤로 향했다.

"파이팅."

어깨를 토닥이며 지나가는 진성이에게 고개를 끄덕여 주고 홀로 대형을 맞췄다.

"……."

나는 독무를 앞두고 가만히 서서 관객들을 바라보았다. 관객들은 내 상황을 알지 못한 채 그저 무대를 기대하며 환호하고 있었다.

점점 다시 올라가고 있는 조명의 열기와 혼자 관객을 상대해야 한다는 부담감과 조용히 싸우며 눈을 감고 겨우겨우 공연에 집중했다.

곧 〈크로노스〉의 전주가 흘러나오고 곡에 맞춰 움직이기 시작하자 내 몸짓 하나하나에 관객성에서 환호성이 흘러나왔다.

신기하게도 곡이 시작되고 몸을 움직이자마자 뜨거움에 대한 짜증과 불안은 순식간에 잠식되어 갔다.

그렇게 착실히 내 파트를 이어 나갔다.

"……흐음."

무대 뒤 분위기는 조용하기 그지없었다.

서현우가 무대를 이어 나가는 동안 그 활기차던 멤버들은 카메라마저 등진 채 조용히 서현우를 지켜보고 있었다.

강주한이 들어오자마자 그 어떤 말도 없이 심각한 표정으로 무대를 바라본 것이 시작이었다.

멤버들은 어째 기분 안 좋아 보이는 강주한의 눈치를 보며 슬금슬금 서현우의 무대를 함께 모니터링했고 이내 서현우가 평소보다 굉장히 굳어 있음을 깨달았다.

"와, 현우 형 땀나는 것 봐."

"컨디션 안 좋아 보이는 것도 더워서 그런 건가?"

"무시할 수 없는 수준의 열기가 올라오긴 했어. 엄청 덥긴 하더라."

"……그런데 현우 형 괜찮은 걸까요? 더워서 표정 굳은 거 맞을까요……."

그런 것치곤 어디 아픈 것처럼 굉장히 창백한데.

물론 서현우의 이상함을 알아차리는 사람은 많이 없겠지만 적어도 방송을 볼 고리들은 평소와 다른 모습을 금방 캐치해 낼 정도였다.

제 딴에는 표정 관리하려 애쓰는 것 같은데…….

평소엔 멤버들 중 무대에서의 표정 관리나 감정 변화를 가장 잘 조절하는 멤버가 바로 서현우였다.

단순히 덥다고 저렇게까지 불안한 표정을 짓지는 않을 텐데.

'뭐가 문제일까.'

잠시 추론을 계속하던 멤버들은 다시 서현우를 바라보며 각자 고민에 빠졌다.

독무를 이어 나가던 서현우는 멤버들의 걱정이 무색하게 얼마 지나지 않아 원래의 상태로 돌아왔다.

평소처럼 표정 연기를 했으며 잠시 뻣뻣했던 안무는 원래의 유연함을 되찾았다.

아, 이제야 더위에 겨우 적응했나 보다, 하고 그제야 멤버들은 안심할 수 있었지만 그렇다고 걱정이 줄지는 않았다.

"……들어갈 때 됐어. 준비해."

"어."

곧 서현우의 독무가 끝날 것이다. 멤버들은 강주한의 지시에 따라 하나둘씩 서현우의 곁으로 향했다.

그렇게 〈크로노스〉, 다음 〈블루 룸 파티〉 공연까지 별문제 없이 끝이 났다.

문제는 마지막 무대 〈퍼레이드〉에서 일어났다.

〈블루 룸 파티〉의 공연이 끝난 직후 무대 위 온도를 체크한 제작진은 마지막 무대를 두고 한 번 더 휴식을 제안했다.

관객들에겐 몹시 미안한 일이 되었지만 출연진의 보호를 위해서는 어쩔 수 없는 선택이었다.

"무슨 ×발 조명이, 여기 장비 상태 왜 이렇게 구려? 어디 라이브 카페도 이 정도는 아니겠다."

"제 말이요. 하긴 캘리아 측에서 좋은 무대를 줄 거라곤 생각 안 했어요."

〈비갠 뒤 어케인〉 팀의 메인 작가가 한숨을 푹 쉬며 말했다. 그러자 PD도 덩달아 한숨을 푹 쉬었다.

"그나마 화면에는 그다지 티가 안 나서 다행이긴 한데……."

실물로 보기엔 공연 중인 멤버들의 표정을 보아 갈수록 지쳐 가는 게 눈에 확연히 보였다.

"아예 조명 수를 줄이는 건?"

"불가능해요. 한꺼번에 조절하는 거라."

"아니, 애들 가뜩이나 안무도 어렵고 힘든데 저 더위 속에서 하다가 한 명 넘어가기라도 하면 어떡해."

"그걸 저한테 따지셔도……."

두 사람은 잠깐의 휴식 동안 땀범벅이 되선 연신 물을 찾는 멤버들을 바라보았다.

다들 얼굴이 새빨개져선 열기로 달아오른 몸을 식히고 있었는데 그중 특히 서현우의 기색이 이상했다.

만약 조명의 더위로 누군가 쓰러지게 된다면 틀림없이 서현우라고 확신할 정도로 안색이 좋지 않았다.

PD는 크로노스 멤버들의 물을 챙기던 제작진을 붙잡아 물었다.

"멤버들 상태 어때? 특히 현우 씨 괜찮아?"

"네? 어…… 제가 보기엔 괜찮은 것 같은데요. 그냥 더워서 다들 말이 없어지신 정도?"

막내 제작진의 말에 PD의 인상이 불만족스럽게 찌푸려졌다. 딱 봐도 안 괜찮구먼 뭘 낭창한 목소리로 괜찮은데요? 하고 있단 말인가.

"딱 봐도 괜찮은 거 같지 않은데? 너 그렇게 책임감 없이 말할래? 빨리 가서 출연진 상태를 면밀히 체크한 다음 보고해. 크로노스가 무대 섰다가 한 놈이라도 넘어가면 너도 나랑 같이 징계받을 줄 알아."

"……네!"

PD는 뒤늦게 달려가 멤버들의 상태를 묻는 막내를 한심하게 바라보았다.

"어휴…… 저걸 어떻게 키우냐, 저리 눈치가 없어서야. 아무튼 휴식 시간 얼마나 남았어?"

"3분 정도 남아서 이제 슬슬 준비해야 해요."

"스탠바이시키고 준비해. 마지막 무대니까 그래도 어떻게든 잘 되겠지."

PD는 크로노스를 믿고 있었다.

지금껏 크로노스 데뷔 이후 많은 무대를 모니터링했지만 한 번도 실망시킨 적 없는 그룹이니까.

비록 마지막 무대가 연말 무대를 재연한 것이라도 별문제 없이 넘어갈 것으로 생각했다.

이제 우리는 단 하나의 무대만을 남겨 두고 있었다.

아니, 무대 하나만 남은 거 맞던가?

뜨거워서 머리까지 나빠지는 듯했다.

"와, 아직도 덥긴 덥네. 그래도 아까보다는 낫다. 〈블루 룸 파티〉할 때까지만 해도 한여름에 야외 공연하는 기분이었는데."

"제작진분들이 잠깐 문 열어 두셨나 봐. 그래도 더운 건 마찬가지지만."

고유준이 주한 형이랑 대화하며 다가와 내 등에 손을 얹었다. 괜찮냐는 신호 같은데 별로 대답할 기분이 안 나서 대답하지 않았다.

"서현우, 정신 차려. 조금만 힘내자."

"……어."

난 나름 티 안 낸다고 했는데 안색이 굉장히 안 좋아 보였나 보다. 물을 건네주며 하는 말이 나이답지 않게 어른스럽고 든든했다. 난 예의상 고유준이 건네주는 물을 한 모금 마시고 일어났다.

"가자."

"고."

무대로 올라가라는 스태프의 지시에 우린 다시 무대로 향했다.

이미 뜨거움 속에서 한 번 공연을 한 터라 아까 전 〈크로노스〉 무대처럼 무대 위에서 몸이 뻣뻣해진다거나 하지는 않았다.

가끔 나도 모르게 조명을 올려다보는 행동만 빼면 그럭저럭 마지막 공연은 괜찮은 모습을 보여 주고 있었다.

난 제발 내 이상한 행동이 방송에까지 보이지 않기를 빌며 천천히 다시 무대에 적응해 멤버들을 이끌어 나갔다.

그렇게 〈퍼레이드〉의 후반부.

나와 진성이의 페어 댄스에 이어 각자의 단독 댄스 브레이크를 끝낸 뒤 다음 파트를 위해 나란히 섰을 때, 나는 진성이와 시선을 교환하며 신호를 보냈다.

'곧 폭죽 터진다.'

적당한 타이밍에 슬쩍 함께 뒤로 물러나자 곧 무대 앞쪽 가사가 올라가던 전광판에도 '폭죽'이라는 글자가 표시되었다.

이 정신없는 와중에 잘 피했다고 생각하며 폭죽이 터질 때까지 안무와 더불어 마음의 준비를 하고 있을 때였다.

끼기기기익-.

타들어 가는 소리.

그리고 미세한 타는 냄새가 났다.

오랜 시간 촬영을 할 때 간간이 맡게 되는 조명 타는 냄새였다.

그 순간 나는 화들짝 놀라며 천장을 올려다보았다.

이런 냄새를 맡게 되는 게 한두 번 있는 일은 아니지만 오늘은 상황이 다르다고 생각했다.

한참 전부터 이상하리만치 가열되던 조명과 온도.

극도의 불안감이 일었다.

삐----!

떨어지면 어떻게 하지? 떨어지면…….

여기서 떨어지면.

소스라치게 몸을 떨며 내가 가장 앞에 서 있다는 사실도 잊어버린 채 줄곧 고개를 들어 천장만 쳐다보고 있을 때.

파앙!!!!!

'어…….'

천장이 아닌 내 앞 조금 떨어진 곳에서 큰 불빛과 함께 폭발음이 들리며 눈앞이 컴컴해졌다.

삐----!

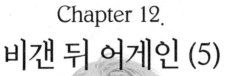

Chapter 12.
비갠 뒤 어게인 (5)

퍼엉!

연달아 폭죽이 터지자 그에 맞춰 관객들의 환호도 절정에 이르렀다.

공연의 마지막답게 분위기는 한참 물이 올라 크로노스 멤버들 또한 들뜬 채 안무를 이어 나가던 때였다.

강주한은 자신의 앞에 선 이진성의 움직임이 우뚝 멈추는 것을 보았다.

뒷모습에서조차 당황스러움이 잔뜩 묻어나는 모습.

그로부터 얼마나 지나지 않아 이진성의 옆에 서 있던 서현우의 모습이 사라졌음을 알아차렸다.

"……현우?"

자신도 모르게 소리 내어 서현우의 이름을 부르던 관객들의 환호는 곧 비명으로 바뀌었다.

'이게 무슨 상황이지?'

강주한의 움직임도 어느새 멈추었다.

음악은 계속 나오고 있었는데 그에 맞춰 노래를 부르는 멤버는 아무도 없었다.

멤버 모두가 멍하니 선 채 주저앉은 이진성의 모습만 바라보고 있으니 강주한의 뒤에 서 있던 고유준이 빠르게 튀어나가 이진성의 옆에 무릎을 꿇고 자리 잡았다.

두 사람에게 가려진 누군가. 갑작스레 무대 위에 누워 있는 사람.

그제야 강주한은 제대로 상황을 파악할 수 있었다.

서현우가 쓰러졌다.

뒤늦게 흘러나오던 음악이 꺼지고 스태프가 쓰러진 서현우를 들쳐 업은 채 무대 뒤로 향했다.

고유준과 이진성은 스태프를 따라갔고 강주한은 그 이후로도 서현우가 사라진 무대 뒤를 한참이나 보고 있었다.

그러다 자신의 등을 두드리는 박윤찬의 손길에 뒤늦게 상황을 정리하고 관객들에게 사과의 말을 전한 후 무대에서 내려왔다.

관객들 중엔 서현우의 실신으로 오열하는 고리들 또한 있었다.

"형…… 주한 형, 괜찮으세요?"

"……어, 아니, 일단 보고."

"네……. 크게 다친 건 아닐 거예요. 괜찮을 거예요."

박윤찬은 아직 진정하지 못한 강주한을 달래면서도 걸음을 빨리했다.

자신보다 훨씬 많은 시간 서현우와 함께했던 멤버들이 전부 패닉에 빠져든 터라 자신이라도 정신 차리자는 마음으로 애써 놀란 마음을 누르고 있지만 사실 박윤찬 또한 걱정으로 어쩔 줄을 모르고 있었다.

폭죽이 터진 직후에 일어난 일이라 크게 다쳤을지도 모르는 일이고.

"주한 씨."

강주한과 박윤찬이 대기실로 돌아왔을 땐 서현우는 이미 병원으로 향한 뒤였다.

뒷수습을 끝낸 이수환은 굳은 얼굴로 멤버들을 챙겨 공연장을 나섰다.

"폭죽에 맞았다거나 해서 다친 건 아닌가 걱정했는데 그런 건 아니라고 합니다. 외상도 없었고요. 원인은 아직 모른다고 하는데 일단 가 보죠."

이수환의 말에 돌아오는 대답은 없었다. 모두 제각기 창밖을 보며 심각한 얼굴을 짓고 있을 뿐이었다.

서현우와 함께 간 로드매니저와 고유준, 창밖을 보며 멤버들 몰래 훌쩍이는 박윤찬, 대놓고 우는 이진성에 말없는 강주한까지……. 서현우가 일어나기 전까진 심장이 죄여들 정도로 두려운 마음이 사라지지 않을 터였다.

눈을 감고 있으면 컴컴한 시야에 과거의 내 얼굴이 형상처럼 보였다.

까무러치게 놀라 크게 몸을 떨며 일어나곤 했는데 오늘은 일어나는 대신 감은 눈 사이로 눈물만 흘렀다.

그리고 손을 들어 얼굴을 더듬어 보았다.

얼굴에 화상 자국이 만져지지 않아 정말 다행이었다. 그제야 안도의 한숨을 내쉬었다.

"……."

'도대체 언제까지 따라올래.'

언제까지 괴롭혀야 놓아 줄래.

새로 시작하려 해도 이제 없는 셈이 된 과거는 지독하게 날 놓아주지 않았다.

이미 정신을 차린 지 한참이 지났다.

그런데도 난 눈을 뜨지 않았다. 일어났을 때 또 보이는 풍경이 병실 천장이면 괴로워 버티지 못할 것 같았다.

그것 때문에 공연도 망치고 볼품없이 무대에서 내려와야

만 했다.

그렇게 열심히 했는데 내가 다 망쳤다.

"하아…… 짜증 나……. 진짜 짜증 나."

울음소리로 몇 번이고 짜증을 내고 그래도 분이 풀리지 않아서 엎드려 울었다.

왜 그걸 못 참은 걸까.

그때의 나는 내 머릿속에서 완전히 사라져 버렸으면 좋겠는데.

나는 과거의 내가 너무 싫은데. 그 치열하게 싸워 왔던 흔적조차 남기고 싶지 않은데도 불구하고 결국 나는 바뀌지 않았다.

노력해 앞으로 나아가도 줄곧 과거에 얽매여 있었다는 허탈감.

앞으로도 떨쳐 내지 못할 것이라는 자괴감이 이 순간 몇 번이고 마음을 죄여 왔다.

"우는 거 같은데 어떡하냐. 들어가면 안 될 것 같은데, 형."

"……."

고유준의 말에도 강주한은 별말 없이 병실 밖 의자에 앉아 휴대폰을 켰다.

"너도 앉아서 기다려. 왔다 갔다 하지 말고."

"아, 내가 언제 왔다 갔다 했다고."

고유준은 그제야 한숨과 함께 어깨를 축 늘어트리며 강주한의 곁에 앉았다.

박윤찬과 이진성은 서현우가 하도 울어 대는 통에 이수환과 함께 숙소로 돌아갔고 병원에 남은 건 로드매니저와 강주한, 고유준뿐이었다.

로드매니저는 몰려드는 전화를 처리하러 자주 자리를 비웠고 결국 꾸준히 병실을 지키는 건 강주한과 고유준 두 사람이 된 셈이다.

"하아…… 벌써 기사 떴네."

휴대폰을 뒤적거리던 강주한이 힘없이 말했다.

〈비갠 뒤 어게인〉도 크로노스도 한국에선 인지도가 있으니 기사가 날 줄은 알고 있었지만 이렇게 빨리 올라올 줄은 몰랐다.

기사에선 어림짐작으로 폭죽 사고 등으로 보도되었고, 사전에 찍지 말라고 안내했음에도 불구하고 사고 당시 직캠까지 떠돌아다녔다.

직캠이 떠돌아다닌다는 걸 알았을 때 멤버들과 소속사는 그걸 도대체 왜 올리냐고 노발대발하며 화를 내며 추가적 대응 기사까지 냈다.

"폭죽 사고 아닌데."

"근데 폭죽 사고로 보이긴 했어. 모니터링한다고 수환 형이 찍던 영상 봤거든."

강주한이 말했다. 사고가 나자마자 급격히 흔들리다 꺼져서 정확히 보이지는 않았는데 폭죽이 터지자마자 경련을 일으키며 쓰러졌으니 아마 직캠으로 보든 직접 보든 폭죽 사고로밖에 안 보이기는 했을 거다.

다만 좀 꺼림칙한 건 서현우가 쓰러지기 전 아주 잠깐이었지만 움직임을 멈춘 채 천장의 조명을 쳐다보고 있었다는 것, 폭죽이 터진 후 몸을 떨며 귀를 막았다는 것 정도.

"유준아 현우가 원래 덥고 뜨거운 거 싫어했었나?"

"아니, 그런 건 없는데. 여름은 싫어하긴 했…… 음."

고유준은 잠시 생각하더니 다시 말했다.

"직접 쬐는 조명을 싫어하는 것 같긴 했어. 심각하다고는 생각 못 했는데 아무튼."

"직접 쬐는 조명?"

"앨범 재킷 촬영이나 뮤비 촬영할 때도 그랬을걸. 조명 침대 뜨겁다고 제작진한테 말하는 거 봤어. 근데 그냥 따뜻한데 엄살 부렸다는 것처럼 비하인드 영상에 들어갔을 거야."

서현우 본인이 티를 내지 않으려 애쓴 부분이니 멤버가 눈치챘을 리 없었다.

하지만 뭐든 알아차린 후 과거의 행동을 돌이키면 또 다른 것이 보이는 법이다.

강주한이 그때의 영상을 찾아보려 휴대폰을 뒤적이는 동안 고유준은 불안한 듯 병실 문과 강주한을 번갈아 보다 일어났다.

"난 먼저 서현우 보러 들어간다."

"어."

고유준이 병실에 들어간 후 강주한은 〈퍼레이드〉 뮤직비디오 촬영 당시 비하인드 영상을 한참이나 돌려 보았다.

'적어도 문제가 뭐인지만 알 수 있으면.'

말하기 싫다면 이유는 말하지 않아도 된다.

다만 무슨 문제가 있어서 힘들어하는지는 멤버로서, 동료로서 알아야 한다고 생각했다.

"너, 일어났으면 말을 해야지, 인마."

"알고 있었잖아, 자식아. 기다렸다는 듯이 들어오던데."

"새끼, 너 다 울 때까지 기다려 준다고 힘들었다."

고유준은 딱히 날 걱정한다는 티는 내지 않았다.

평소와 같이 별 재미없는 농담이나 건네며 웃었지만 평소와 같은 활기는 없었다.

"무대는 어떻게 됐어? 완전히 망했어? 아니면 나 내려오고 끝까지 했어?"

"그럭저럭 잘 마무리됐어. 기사는 좀 났다. 난 우리가 그렇게 유명한 줄 몰랐잖아."

역시 기사 나왔겠지.

휴대폰을 켜서 포털사이트에 크로노스를 검색하자 무수히 많은 기사들이 쏟아져 나왔다.

전부 촬영 중 내가 폭죽 사고가 났다는 식의 기사였고 그 중엔 무례하게 누군가 찍어 올린 직캠 영상의 캡처본을 함께 올린 기사도 있었다.

그게 꼴 보기 싫어 인터넷을 끄고 파랑새를 켜자 아주 실시간 트렌드 전체가 나와 관련된 키워드로 도배가 되어 있었다.

폭죽사고

실신

무당 아이돌

#숨참고_점_몇개까지_찍을수_있을까

발작 쓰러져

조명을 쳐다보던

신기 아이돌

"무당 아이돌은 뭐야?"

중간중간 이해할 수 없는 키워드가 있긴 한데.

진짜 뭔가 싶어서 눌러 보니 직캠 영상 중 사고가 나기 전 내가 가만히 서서 조명을 바라보던 모습을 지적하며 신기가 있어서 보면 안 될 걸 본 거 아니냐는 별스러운 억측도 나돌아 다니고 있었다.

아무튼 조금의 서치만으로도 이미 퍼질 대로 퍼져서 고리들 걱정도 시키고 한바탕 난리가 난 건 알겠다.

내가 어이없어서 픽 웃었는데 고유준은 날 무표정으로 쳐다보더니 한숨을 푹 쉬었다.

"폭죽 때문에 다친 건 아니고, 너 폭발 소리 들으면 안 된다거나…… 뭐, 그런 거 있냐?"

"없을걸. 놀라긴 했는데, 음방 땐 안 그랬잖아."

"왜 쓰러진 거야. 조명 열기 때문에?"

난 고개를 끄덕였다.

"가뜩이나 덥고 뜨겁고 정신없어서 어지러웠어. 거기에 폭죽까지 터지니까 정신 놔 버렸나 봐. 별거 아니야."

정말 그랬기 때문이었다.

평소 음악 방송에서도 1위 후보라고 폭죽을 자주 쏴 주는 편이었지만 그땐 괜찮았다.

조명이 가장 큰 문제였다고 생각한다.

"몰랐는데 조명 강하게 받는 거, 좀 뜨거움에 예민한가 봐."

"아까 주한 형이랑 대화하다가 생각난 건데 저번에도 그러지 않았나? 아 맞다. 그리고 너희 부모님이 아까 네 폰으로-."

"그럼 미리 이야기를 했어야지."

대충 일종의 해프닝으로 가볍게 넘기려고 했는데 쌍둥이처럼 똑같이 음영 깊은 심각한 표정을 한 주한 형과 수환 형이 병실로 들어와 부담스럽게 다가왔다.

"미리, 이야기를, 했어야지, 어?"

"아악!"

주한 형은 환자 등짝도 때릴 수 있나 보다.

내 등짝에 주한 형의 찰진 손바닥이 내리꽂혔다.

"미리 이야기를 해 주셨으면 사전에 그에 대해 대비를 해뒀을 겁니다. 현우 씨, 혼자 버티려다 골로 가는 수가 있어요. 왜 몸을 안 챙깁니까, 저번부터? 네? 네? 네?"

"악! 죄송합니다……."

"몸 막 쓰면 이 일 오래 못 한다고 허리 다치셨을 때도 말했잖습니까."

수환 형의 말투도 꽤나 거칠어져 있었다.

"아아 형! 수환 형도 그만, 그만. 얘 환자야!"

환자는 때리면 안 된다고 말리는 정상인은 고유준밖에 없었다.

"괜찮아. 지나가는 길에 만난 어린이 환자는 다리 한쪽에

깁스하고도 엄마한테 사고 쳤다고 맞고 있더라."

"아니, 이 사람들 왜 저래?"

"나도 몰랐다니까?"

나도 거기서 조명의 영향은 받을 줄 몰랐다고 어필해 봤지만 두 사람을 걱정시킨 죗값은 크다.

그로부터 한 시간 동안 내리 주한 형과 수환 형의 잔소리를 들었다.

강주한과 고유준이 숙소로 돌아온 건 늦은 밤이 되었을 때였다.

"형, 현우 형은?"

"……와, 너희 아직도 울고 있었냐? 대단하다, 진짜. 내일 공연 어쩌려고 그래? 연습은 했어?"

"아, 아니요……."

박윤찬과 이진성이 퉁퉁 부은 얼굴로 두 사람을 맞이하자 강주한은 고개를 내저으며 대뜸 잔소리부터 늘어놓았다.

"우리, 우리 내일 공연해?"

"그럼 하지, 안 해?"

"현우 형은?"

이진성의 물음에 고유준은 자신의 뒤로 아무도 들어오지

않는 문을 가리켰다.

"오늘은 병원에. 갑자기 쓰러졌으니까 혹시 몰라서."

"크게 다친 건 아니에요? 기사 난리 났던데, 수환 형한테 듣기 했어도 걱정이 돼서……."

"별문제 없어. 안 다쳤고 일어난 거 보고 왔어. 그런데 좀, 어……."

고유준은 답답한지 인상을 푹 찌푸렸다.

"본인 몸 컨디션보다 무대 망친 걸 더 힘들어하는 것 같던데."

"갑자기 왜 쓰러진 거래?"

"정확한 원인은 몰라. 근데 그날 조명에 덥기도 했고 정신없는 와중에 폭죽까지 터져서 그렇다고는 했어. 현우가 직접적인 조명에 예민하대."

"직접적인 조명……."

강주한과 고유준이 번갈아 가며 서현우와 나눴던 대화 그대로 멤버들에게 전해 주고 있을 때 혼잣말을 중얼거린 이진성의 표정은 어느 순간 굳어 있었다.

"아무튼 내 생각엔 뭐가 이유가 있어도 있는 것 같아서 일단 현우 촬영 때 영상이라도 모니터링 해 보게."

"아아."

"확실히 조명이 이유가 맞는지도 솔직히 모르겠어. 현우가 이런 일엔 항상 얼버무리더라고. 조명 때문인지 폭죽 소리 때문인지, 아니면 몸이 안 좋을 수도 있고-."

"저기."

조금의 시간이 흘렀다.

어느새 울음을 그치고 눈꺼풀을 내리깐 채 생각에 잠겨 있던 이진성이 조심스럽게 이야기를 꺼냈다.

"형, 저기……."

"왜, 성아."

"현우 형, 조명이랑 폭죽 둘 다 문제가 아닐까 싶은데……. 그냥 내 생각이긴 한데, 어……."

이진성의 얼굴이 한층 더 침울해졌다. 그저 걱정과 침울함을 넘어 죄책감을 느끼는 것도 같았다.

"그, 있잖아. 우리 데뷔하기 전에, 조명 사고."

죄책감의 계기는 쉽게 잊히지 않는 법이다.

적어도 이진성에게는 그랬다.

"프로필 사진 찍을 때 형이 나 구하려다가 다쳤었잖아."

위험할 뻔한 하나의 해프닝 정도로, 서현우의 다리에 흉이지긴 했지만 정작 서현우가 아무렇지 않아 했고 사건 마무리도 잘 끝난 터라 다들 넘어간 일이었다.

그 이후 누구도 언급하지 않았던, 어쩌면 서현우마저 기억속에 완전히 파묻혀 버렸을 수도 있는 사건이지만 이진성만은 기억하고 있다.

서현우가 자신을 구했던 것과 자칫 잘못하면 정말로 목숨을 잃을 수도 있었던 사고, 서현우가 자신을 구하다 다쳐 피가 철철 흐르던 다리까지.

다른 누구도 아니고 서현우와 이진성의 일이었기에.

"저, 그거 때문이 아닐까? 그때 진짜 큰일 날 뻔했잖아. 조명도 터지고. 폭죽 소리랑 조명 터지는 소리가 비슷하다고 느꼈을 수도 있잖아."

"……현우 형은 태연한 척해도 그때 굉장히 놀랐을 거예요. 생각해 보면 그 사건 전에는 이런 일 없었던 것 같은데."

"맞아. 우리 월말 평가 때문에 가끔 무대도 서고 그랬었잖아. 그땐 이렇게까지 조명 때문에 힘들어한 적 없었지 않아?"

언제나 조명은 뜨거웠다. 그러나 멤버들이 알던 서현우는 뜨거운 조명으로 인해 내리흐르는 땀을 즐거워하던 사람이었다.

이진성은 그때의 일을 확실히 기억하고 있다.

자신은 하나도 다치지 않았고 서현우의 끌어당김으로 조명이 터지는 장면을 보진 못했지만 자신의 뒤에서 큰 스파크와 함께 순간의 극심한 뜨거움이 생생했다.

자신은 두 눈으로 직접 보지 못해 며칠간의 놀람으로 끝냈지만 서현우는 또 다를 수 있다고 생각했다.

이진성의 말을 들은 강주한은 고개를 끄덕였다.

"성아, 네 말이 맞는 것 같다."

그러곤 다시 생각에 잠기려다 멈칫, 이진성을 보며 걱정스레 물었다.

"진성이 너는 괜찮고? 너는 지금 상태 어때? 아프거나 놀라거나 그런 증상 없어?"

"혀엉…… 나 걱정하는 거야? 나는 완전 괜찮어."

"어휴, 그럼 됐다. 너라도 건강해야지, 원."

강주한은 이진성의 대답을 듣고서야 다시 생각에 잠겨 들었다.

서현우의 이상 증상은 최근에서야 제대로 나타난 터라 데뷔 이후의 기억들만 거슬러 생각해 보고 있었다.

그래, 그런 사건이 있었다.

멀리서 목격한 멤버들마저 심장을 철렁 내려앉게 했던 그 일을 왜 떠올리지 못했는지.

그때부터 이런 증상이 생긴 것이라면 지금까지 서현우 혼자 모든 방송, 모든 촬영에서의 고통을 혼자 감내하고 있었다는 말이 되었다.

'그래서 말 안 했구나.'

멤버들의 걱정거리만 생길 뿐 해결되는 건 하나도 없는 증상이니까.

"하아, 큰일이네."

앞으로도 이런 일은 정말 많을 텐데.

강주한은 휴대폰을 챙겨 일어섰다.

"수환 형한테 다녀올게. 아무튼 현우는 괜찮다고 하니까 너희는 현우 빼고 대형 맞춰서 연습하고 있어. 나도 곧 갈 테니까."

"응."

어떻게 이 상황을 해결해 줘야 할지 감은 잡히지 않았다.

하지만 한 가지 확실한 건, 이 일은 서현우 혼자 해결할 문제는 아니라는 것이었다.

'일단 상담 선생님한테 귀띔부터.'

혼자 짐을 떠안고 활동하게 할 수는 없다.

폭죽이든 조명이든 몇 번이고 터져 나가도 멤버들이 나서서 시야를 가려 주고 귀를 막아 줄 정도의 도움은 줄 수 있을 터인데.

그때 강주한의 휴대폰으로 메시지 하나가 도착했다.

–나는 내일 무대 안 서?
–고유준이 내일 무대 그대로 진행한다고 하던데
–다친 것도 아니고, 하고 싶어

서현우의 메시지였다.

강주한은 절로 한숨을 내쉬었다.

"어휴, 이놈아."

야외 페스티벌에 폭죽이 얼마나 많이 터지는지 알고 하는 소린가.

강주한은 답장하지 않은 채 걸음을 계속했다.

주한 형은 동생들의 눈물에 약하다.

고유준이 연습생 시절 무리한 연습으로 목소리가 나오지 않아 월말 평가를 꼴찌로 말아먹었을 때도 여기서 잘릴 순 없다며 펑펑 우는 녀석의 모습에 한숨 한번 푹 쉬더니 김 실장님을 설득하러 갔었다.

진성이야 혼날 때마다 찔찔 우는 바람에 용서받은 게 한두 번이 아니었고, 윤찬이가 한참 다이어트 할 때도 힘들어 눈물을 보이자 굶어서 빼는 거 소용없다며 총대 매고 회사 몰래 치킨을 먹이곤 했던 사람이다.

그런고로 난.

—안 돼. 이미 너 빼고 연습 다 끝났다.

마침표까지 찍어 가며 진지하게 온 주한 형의 답변을 보고 곧바로 전화를 걸었다.

그리고 찔찔 울었다.

"형, 진짜 제발. 한 번만 수환 형 설득해 주면 안 돼?"

－야.

"진짜 괜찮은데…… 마지막 무대잖아. 나 여기서 이렇게 끝내면 너무 괴로울 것 같아. 민폐인 건 아는데."

－민폐가 아니고.

폭죽, 조명 고작 그런 것으로 쓰러지기까지 한 내가 너무 한심해서 이대로 끝내고 싶지가 않았다.

마지막 무대가 너무 찝찝하게 끝이 난 터라 무대의 규모를 떠나 폭죽과 조명을 이겨 내고 끝까지 공연을 마쳐야 비로소 속상함 하나라도 풀릴 것 같았다.

그래서 억지를 썼다.

지금의 내 심정을 솔직하게 말하고 고리들도 걱정했을 텐데 괜찮다는 걸 보여 주고 싶다느니 온갖 설득을 다 했다.

역시나 주한 형은 내 울음소리를 듣곤 한숨만 연거푸 쉬더니 수환 형과 대화해 보겠다며 전화를 끊었다.

그리고 얼마 뒤 주한 형으로부터 딱 한 무대만 서는 것을 허락받았다는 답변이 돌아왔다.

페스티벌 특성상 솔로 무대를 올릴 순 없고 각종 조명과 폭죽이 난무하기에 혹시나의 상황을 대비해 〈퍼레이드〉만 참가하기로 결정되었다.

"그거면 됐어……."

그렇게라도 무대에 설 수 있게 되어 다행이라고 생각했다.

무대를 크게 망쳤다는 생각에 떨림이 도통 멈추지를 않아서 한시라도 빨리 공연 하나를 제대로 마쳐 보고 편안해지려는 강박이라고 생각되었다.

"됐다."

어두운 밤 불 꺼진 병실에서 한참이나 창밖을 바라보다 휴대폰을 들었다. 나에 대한 기사와 YMM에서 추가로 내놓은 내 상태에 대한 소식을 훑어보고 양손에 얼굴을 파묻었다.

사무치게 익숙한 밤.

우울감을 느끼며 괜히 〈퍼레이드〉의 내 파트를 불러 보고 누웠다.

이상하다.

왜 눕기만 하면 눈물이 나는 건지.

그렇게 부어오른 눈을 꾹 누른 채 까무룩 잠이 들었다.

그날, 나는 또 악몽을 꾸었다.

퍼엉!

떨어지는 조명, 얼굴로 느껴지는 고통.

'이 삶을 네 것으로 만들고 싶다면.'

얼굴과 상체 전부 붕대를 둘둘 감고 있는 나는 정신이 들고 잃기를 반복했다.

일어나면 소리치고 그러다 기절하고.

반복하며 아우성쳐 봤자 내 잃어버린 얼굴이 돌아오진 않았다.

정신이 들 때마다 가족들은 울고 있었고, 멤버들은 그사이 핼쑥해져 죽은 눈으로 날 바라보고 있었다.

아직 나는 죽지 않았는데 죽은 사람을 보는 시선으로 느껴졌다.

그게 너무 싫고 괴로웠다.

아파도 나는 살아 있는데, 애매하게 살아 있는데.

모두가 돌아간 늦은 밤에 정신을 차리고 눈을 뜨면 어두컴컴한 병실 안 지독한 고통과 외로움에 몸서리치고 다시 정신을 잃었다.

그게 내 기억 속의 나였다.

'이 삶을 네 것으로 만들고 싶다면.'

굳이 괴로웠던 과거를 보여 줘 놓곤 속삭이는 목소리는 모든 장면을 지워 버리고 대신 선명히 내가 해야 할 일을 알려 주었다.

두 번째 조건 : 극복하라

"죄송합니다."

"뭐가 죄송해. 아니야 아니야. 우리가 관리를 좀 더 잘했어야 하는데. 우리가 미안하지."

"그래서 몸은 괜찮아?"

퇴원해 숙소로 돌아오자마자 눈에 보이는 제작진에게 연신 고개를 숙였다.

내가 쓰러진 것으로 멤버들뿐만 아니라 〈비갠 뒤 어게인〉 팀, 소속사까지 아티스트 관리 소홀로 크게 논란이 되었다고 한다.

나에게는 괜찮다고 도리어 날 걱정하고 있지만 사실 저들의 속도 속이 아닐 것이다.

이미 내 의견까지 담아 괜찮다는 입장문이 올라가긴 했지만 차후 내 개인적으로도 SNS에 괜찮다는 글을 게시해야 할 듯하다.

"병원에서는 별문제 없대? 정말 그냥 더워서 그런 거야?"

"네. 어디 아프고 피로해서 그런 건 아니에요. 걱정 끼쳐서 죄송합니다."

걱정 가득한 레나 선배님에게 대답하며 서둘러 연습 준비를 했다.

이렇게까지 많은 사람들의 걱정을 받는 거, 딱히 유쾌한 기분이 아니었다.

내가 무안해하는 걸 알아차린 고유준이 자신의 자리로 가며 내 등을 툭 두드려 주었다.

"다들 준비됐어?"

"네!"

레나 선배님의 물음에 크로노스 멤버들이 큰 소리로 대답했다.

어제 그 사건이 있은 후 정말 고맙게도 멤버들은 마음을 다잡고 연습을 속행해 주었다.

내가 포함된 〈퍼레이드〉만 연습하면 됐는데, 기존의 안무와 별로 달라진 건 없지만 페스티벌의 무대가 워낙 넓어 대형이 길어졌다.

무대 대형이나 페스티벌의 분위기 등 연말 무대와 별반 다를 게 없어서 우린 무대의 조명, 대형 스크린을 적극 활용해 연말 무대와 동일한 퀄리티를 뽑아내기로 했다.

아침부터 오전 12시까지 〈퍼레이드〉 하나만 파고들어 연습을 마무리하고 간단한 식사 후 페스티벌 장소로 향했다.

"오늘 끝나고 단체 회식."

"예에!"

차에 타고 이동하는 동안 의외로 멤버들은 시끌벅적하게 떠들어 댔다.

멤버 중 누군가 다치거나 일이 있을 경우 걱정을 숨기지 못해 분위기가 싸하게 가라앉는 것이 대부분의 상황이었는데.

아마 내가 미안해할까 봐 일부러 더 과장해서 노는 모양이었다.

"맞다. 현우, OST 준비는 어떻게 됐어?"

"어? 아."

주한 형의 물음에 난 반사적으로 휴대폰을 만지작거렸다.

"준비는 했는데 완성 안 됐어. 돌아가서 완성하려고 했는데 으음, 시간 부족할 것 같아."

처음 제대로 작곡하는 거다 보니 김진욱이 틈틈이 도움을 줘도 진도가 많이 느렸다.

한국에 돌아가면 제대로 만들어 볼 예정이긴 하지만 내 생각에 이 곡은 OST로 만들어지진 못할 것 같았다.

첫술에 배부를 순 없지만 기왕 만드는 거, 시간에 쫓기지 않고 곡다운 곡을 만들어 보고 싶은데 OST 모집 기간은 꽤

나 촉박했다.

"너무 조바심 안 내고 만들어 보려고. 윤찬이 주지 뭐."

"……저요?"

내가 장난스럽게 말하자 윤찬이가 가뜩이나 큰 눈을 더 크게 뜨고 날 돌아보았다.

난 씨익 웃으며 고개를 끄덕였다.

"이야, 서현우 첫 곡은 나한테 주는 거 아니었나. 배신감에 치를 떤다."

"아 뭐, 내가 말했었잖아."

"쟤네 또 싸운다. 지금 시동 건다 걸어."

주한 형이 한심하다는 목소리로 중얼거렸고 고유준과 나는 간단히 말싸움을 한 뒤 수환 형의 주의를 받고 입을 다물었다.

"여러분, 저 형들 카메라 있어서 저 정도예요. 카메라 없잖아요? 무슨, 숙소에서 레슬링 찍는다니까요?"

진성이가 차에 달린 카메라를 보며 말했다.

어이가 없었다. 우린 이미 카메라 앞에서 한바탕 레슬링에 가까운 몸싸움도 한 적 있었기 때문이다.

수시로 싸우는 게 일상인데 분량 잘 뽑는다고 카메라 감독님은 오히려 좋아하셨다. 더 싸우라고 하셨다.

보조석에 앉은 주한 형이 백미러로 날 힐끔거리곤 말했다.

"형은 이미 곡 완성해서 보냈거든. 도와줄게. 곡 가지고 와.”

“고마워, 형. 알겠어.”

“도착했습니다.”

고마울 정도로 평소와 다름없는 분위기에서 떠들고 노는 동안 어느덧 차는 페스티벌 현장의 주차장으로 들어서고 있었다.

공연이 예정된 아티스트들을 위해 따로 마련된 전용 주차장.

“와, 이게 뭐야…….”

들어서면서부터 보이는 이 축제의 거대한 규모에 멤버들이 일제히 감탄사를 쏟아 냈다.

좀처럼 보기 힘든 규모의 야외 축제. 무대 준비는 아직 시작되지도 않았는데 온갖 부스 준비와 공연 스태프들이 활발하게 움직이며 벌써 바글거리는 분위기였다.

일찍 도착한 터라 아직 리허설까지 넉넉한 시간이 남았다.

멤버들은 수환 형이 이끄는 대로 리허설 현장의 스태프들에게 인사한 후 남는 시간 동안 각자 크로노스 팀 스태프들과 함께 커피를 사러 가거나 안무 연습을 하기 시작했다.

수환 형이 나와 고유준을 따로 부른 건, 리허설 전까지의 휴식이 선언된 후 카메라와 옷에 단 마이크마저 사라졌을 때였다.

선선하게 바람이 불어왔다. 비가 오려고 그러는지 약간 물먹은 흙냄새가 같이 풍겨 왔는데 굉장히 기분 좋은 느낌이었다.

눈앞에선 온갖 부스들이 세워지고 공연 스태프들이 활발하게 움직이며 준비 중이었고, 나와 고유준은 잠시 진성이를 챙기러 간 수환 형을 기다리며 나란히 관객석에 앉아 광경을 구경하고 있었다.

"야, 너 부모님한테는 연락했냐?"

"……."

"왜 안 했어? 너네 누나한테 문자 왔어, 너 또 연락 안 된다고."

"전화 안 왔거든."

"거짓말. 전화했다던데?"

난 고개를 저으며 그냥 내 휴대폰 통화 목록을 보여 주었다.

엄마가 전화한 건 받지 못했는데 누나한테선 전화 오지 않았다. 아마 엄마가 걱정하며 전화 안 받는다고 하니 고유준에게 메시지를 보내 본 거겠지.

고유준은 내 통화 목록을 확인하더니 한숨을 쉬며 돌려주었다.

"엄마한테는 왜 연락 안 하냐. 얼마나 걱정하셨겠어? 너 진짜 그러면 안 된다."

"할 거야. 정신없어서 못 한 거야."

"……핑계는. 너 진짜 엄마한테 그러지 마. 일단 퇴원하고 무대 선다는 건 내가 말씀드렸는데 우셨다고."

"고마워. 할게. 공연 끝나면 바로 할 거야."

정말로 고유준이 말 안 해도 연락하려고 했다. 어젯밤에 또 과거의 회상을 악몽으로 본 터라 내 정신 하나 건지기도 힘들어서 못 한 것뿐이다.

"……인마, 부모님 계실 때 잘해 드려. 정말, 너 이러다 후회한다."

"……."

"내 경험이야. 알잖아, 너도."

난 말없이 고개를 끄덕였다. 그러자 고유준도 더는 그에 대해 말하지 않았다.

유독 부모님 일에 나보다도 신경 쓰는 녀석이라 더더욱 내 행동이 마음에 들지 않았던 모양이다.

"한국 돌아가면 술 한잔하자. 물어볼 거 있어."

"야, 너 나한테 물어볼 게 왜 그렇게 많냐? 그만 좀 물어."

내가 피식 웃으며 말하자 고유준은 능글맞게 고개를 젓더니 한숨을 푹 쉬며 장난스레 말했다.

"하! 어쩌겠냐. 서현우 친구가 나밖에 없는데 나라도 신경 써야지, 어후."

"너 말고 친구 있거든, 희수도 있고 준환이나 철민이나."

"어, 걔네 너보다 나랑 더 친함."

"또 싸웁니까? 하루에 스무 번만 싸우세요."

진성이를 챙기러 갔던 수환 형이 이제야 돌아왔다.

수환 형은 익숙하게 나와 고유준을 조용히 시키더니 말했다.

"김 실장님께 연락이 왔는데 현우 씨 면허 있죠?"

"네, 있어요."

"운전은 해 보셨습니까?"

난 고개를 끄덕였다. 면허를 딴 직후 고유준과 곧바로 운전 교육을 받아 마음껏 도로 주행을 해 보았다.

물론 운전을 잘하는 이유는 그 교육 때문이 아니라 회귀 전 제자들을 태워 주기도 했고 나 혼자서도 곧잘 운전했기 때문이지만.

잘못하다 도로 주행 도중 습관적으로 한 손으로 운전할 뻔했을 정도니.

"얘 운전 겁나 잘해요, 형."

고유준도 순순히 인정하며 말했다.

그러자 수환 형은 고개를 끄덕이고 말했다.

"두 사람 스케줄이 잡혔습니다. 아직 좀 시간은 있는데 이건 크로노스 개인 너튜브 채널에 올라갈 영상 촬영이에요."

"무슨 촬영이요?"

"유준 씨 OST 녹음하는 날 현우 씨가 일일 매니저가 되는 컨텐츠 촬영입니다."

"아."

내가 짧게 탄식했다. 고유준은 콘텐츠 촬영 내용을 듣자마자 미친 듯이 웃어 댔다.

"서현우가 내 매니저래핵학핵각!"

수환 형은 고유준이 웃거나 말거나 설명을 이어 갔다.

"컨텐츠 팀에서 슬슬 크로노스 채널만의 컨텐츠도 신경 써야 할 것 같다고 제안하길래 수락했습니다. 운전도 해야 하고 매니저 역할 그대로 챙겨 주는 일도 해 주고요. 그런 촬영입니다. 유준 씨 첫 개인 스케줄이니만큼 이벤트처럼요."

그래서 면허 있냐고 물어보신 거구나.

"물론 현우 씨가 운전을 잘한다고 해도 아직 초보라 안전한 곳에서의 운전만 하게 할 거니 그건 걱정 안 하셔도 되고, 이런 스케줄이 잡혀 있다는 것만 알고 계세요."

"네에……."

내가 대답하는 동안에도 고유준은 엄청나게 웃어 댔다.

뭐, 콘텐츠적으로 봐서 재미는 있을 것 같은데 고유준이 저렇게 미친 듯이 웃으니 기분이 영.

퍼억!

"아! 왜!"

그만 웃으라고 고유준의 엉덩이를 걷어차고 수환 형과 함께 리허설 현장으로 돌아갔다.

리허설까지 약 10분 정도 남은 시간, 선선했던 하늘이 점점 그늘지기 시작했다.

리허설이 끝날 때쯤엔 노을이 지고 무대를 할 땐 컴컴한 밤이 되어 있을 거다.

우린 리허설이 시작되기 전 스태프에게 공연에 대한 설명을 들었다.

통역가 선생님의 말로는 음악 무대나 어제의 공연장과는 비교도 되지 않는 크기의 폭죽이 터지고 마지막쯤 무대 위에서 대형 폭죽까지 올라가 하늘에 수놓일 예정이라고 했다.

'괜찮을 거야.'

어제와는 달리 이 선선한 날씨의 야외 공연에선 조명의 열기가 극심할 리도 없으니, 그렇다면 폭죽에 크게 놀라는 일도 없을 거다.

내가 마음을 다잡고 있자 윤찬이가 어깨에 손을 올리고 날 바라보았다.

"형, 괜찮아요."

"어? 응, 괜찮아. 걱정 마. 잘할게."

"아니 그게 아니라요. 멤버들이 같이 있으니까 괜찮아요."

나긋하게 말하는 윤찬이의 미소엔 사람을 안심시키는 힘이 있었다.

"형이 크로노스 중심이니까 아무것도 걱정 말고 무대만 생각해 주세요."

이상할 정도로.

극복하라

함께 극복하라

페스티벌은 일정이 매우 촉박했고 우리 외에도 많은 해외 아티스트들이 무대에 서기로 예정되어 있었다.

우린 특별 무대 격으로 메인급 아티스트는 아니었기에 더 더욱 리허설 시간은 짧기 그지없었다.

정말 짧았다.

반나절을 리허설에 쏟아부을 수 있었던 연말 무대와는 달리 이곳은 우리가 실수를 하든 말든 딱 한번 리허설을 끝내고 쫓기듯 내려와야 했다.

이게 방송에선 어떻게 나갈지 모르겠지만 확실한 건 그렇게 내려오는 길, 온몸에 문신을 한 유명 팝 가수가 우릴 보며 시시덕 비웃음을 냈다는 것이었다.

캘리아의 펑크 사건은 그냥 우리끼리 비참하고 말았지 너튜브나 음원 사이트, 빌보드 차트에서 수백 번은 봤던 그 가수가 우릴 듣보(듣도 보도 못한)취급 하며 비웃는 것은 비참을 넘어 수치스러운 수준이었다.

"신경 쓰지 마. 어차피 쟤들은 우리랑 연이 없어."

"알아……. 아니 근데! 아니, 아! 쟤네들이 먼저!"

열심히 씨익거리는 진성이는 얼굴이 붉어진 채 나에게 땡깡을 부려댔다.

난 안타까운 표정을 지은 채 진성이의 머리를 흩트렸다.

"우리 진성이 어른이지?"

"혀엉…… 나 진짜 너무 화나는데."

하긴, 우리가 지나칠 때 그 자식이 자신의 댄서와 함께 대놓고 우릴 조롱했어서 화가 날 만하긴 하다.

영어 못하는 진성이가 감으로 수치를 느끼고 화낼 정도면 말 다 했지 뭐.

그게 수위가 좀 지나쳐서 듣다 못한 PD님이 '시발!'을 외치며 카메라를 내렸고 캘리아가 유사 싸이퍼를 던지며 그 가수와 퐈이트 뜨러 갔기 때문에 촬영은 잠시 중단되었다.

"흐, 흐흐, 흐흐하하하하! 아나하 아이씨 별일이 다 생기네 프후흐으흐, 환장하하하학!"

결국 미국에 온 첫날부터 스트레스 맥스를 찍은 주한 형이 실성한 걸 보니 중단되어서 참 다행인 것 같기도 하다.

난 처음으로 서브 리더답게 실성한 주한 형과 '아니, 근데, 쟤네가 먼저!'를 반복하는 진성이를 챙겨 스타일리스트 누나들에게 넘겨주고 고유준과 윤찬이를 데려와 리허설 모니터링을 시작했다.

"봐 봐. 지금 여기가 너무 넓어 가지고 센터로부터 다들 거리가 뒤죽박죽이야. 무대 앞에 모니터로 확인하면서 수시로 대형 맞춰."

"네, 근데 형 인이어요. 저희 MR 다 잘 맞는 거예요? 저만 그런가 타이밍이 혼자 좀 안 맞는 것 같아요."

"나는 괜찮았는데? 서현우 너는?"

"나도 괜찮았어. 근데 우리 리허설 해 주는 꼬라지 보니까 인이어 안 맞다고 해도 체크 안 해 줄 것 같긴 해. 일단 수환 형한테 말해 달라 부탁하고 그래도 무대 도중에 안 맞으면 어쩔 수 없어. 윤찬이 네가 다른 멤버들 보고 어떻게든 맞춰 줘."

"네, 해 볼게요."

난 윤찬이의 대답을 들은 뒤 잠시 고민하다 다시 말했다.

"윤찬아, 나랑 수신기 바꾸자. 내가 맞출게. 그편이 너도 좀 안심되지 않겠어?"

윤찬이는 원래 안무를 할 때 타이밍 맞추기 어려워하는 멤버라 MR 타이밍까지 안 맞으면 무대에서 실수를 할 가능성이 있다.

"어차피 나는 〈퍼레이드〉밖에 안 하니까. 네가 내 꺼 쓰고 그렇게 가자."

윤찬이는 어쩔 줄 몰라 하며 한참을 우물쭈물하더니 고개를 끄덕였다.

"미안해요, 형."

무대에서 실수하는 것보단 나한테 미안한 편이 훨씬 낫다고 판단한 모양이다.

난 멤버들과의 모니터링을 마치고 수환 형과 MR에 대해 이야기한 뒤 주한 형, 진성이의 상태를 보러 갔다.

진성이는 스타일리스트 누나들의 달램에 드디어 진정하고 따로 모니터링 하는 중이었고 주한 형은 아직 화가 나 있긴 하지만 그럭저럭 정신 차린 모양이었다.

"하아……."

원래 좋은 일이 있으면 나쁜 일도 따라오고 그러는 거지.

그런 것치고도 좀 다사다난한 미국에서의 촬영이었지만.

아마 이거 방영될 때 우리 멤버들이 힘들었다고 눈물 뚝뚝 흘리며 시청할 것 같다.

PD님이 캘리아가 돌아오자 곧바로 촬영을 재개하며 겨우 평화로워진 분위기 속, 우리 리허설이 끝나고부터 크로노스의 공연까진 무려 4시간의 공백이 있었다.

우리는 후다닥 내려왔어도 다른 메인급 가수들에겐 충분한 시간이 주어졌으므로 그 시간 동안 무명 가수 크로노스는 무얼 할까.

먹고 놀고 모니터하고 연습하며 기다리는 것뿐이다.

근데 사실 한국 음악 방송 대기 중일 때도 비슷했어서 이 정도 기다림이야 별로 놀라운 일은 아니었다.

난 수환 형을 따라 카페에 들러 멤버들 식사까지 돌리고 겨우 혼자가 되었다.

"……통화를."

커피를 마시며 구석에 앉아 휴대폰을 들었다.

엄마

이게 뭐라고 통화하기가 이렇게 힘들지?

이게 다 그놈의 악몽 때문에, 아니 악몽으로 다시 본 진짜 과거 때문이다.

걱정 가득한 목소리를 들을 자신이 없어서.

화면 속 통화 버튼 위로 손가락을 올린 채 한참이나 허공을 맴돌다 입술을 바르작거리며 버튼을 눌렀다.

카메라 앞에서 깊은 이야기 할 것도 아니고 그냥 미안하다고 괜찮다고만 말하면 될 뿐이다.

길게도 울리던 신호음이 멎고.

ㅡ어, 현우야.

엄마의 목소리가 들리자마자 싹 돌아 오는 긴장에 잠시 대답하지 못하다 겨우 입을 열었다.

"네, 엄마."

ㅡ……괜찮아?

"아, 저 완전, 괜찮아요, 진짜, 완전……."

—왜 그렇게 말을 더듬고 그래? 거짓말처럼? 네가 통화가 안 돼서 유준이한테 괜찮은지 물었어.

"죄송해요. 그, 빨리 전화했어야 했는데, 바빠서, 아니 제가, 좀……. 죄송해요. 저 괜찮아요."

—그래도 엄마한테 전화해 주지. 걱정했잖아. 기사는 나오는데 너한테 연락은 없고.. 응?

"죄송해요. 괜찮아요. 병원에 있다가 퇴원하자마자 연습 시작했는데 병원에서는 좀 무대 걱정하느라 전화 못했어요."

—알았어. 괜찮으면 됐어. 너희 아빠도 걱정 많이 했고 누나도 그렇고. 나중에 한국 돌아오면 유준이랑 밥 먹으러 와. 얼굴 좀 보여 줘.

"네……."

—그래, 바쁜데 전화해 줘서 고마워.

"미안해요. 사랑해요."

—엄마도 사랑해.

전화가 끊겼다. 난 휴대폰을 내리며 절로 삐죽 튀어나오는 입술을 깨물었다.

오래 끌고 싶지 않은 긴장감이 전화를 끊자마자 녹아내리듯 사라졌다.

난 이 상황이 너무 슬펐다.

왜 가장 사랑하는 사람과 통화를 하면서도 이렇게 망설이고 긴장해야만 하지?

한참이나 땅만 쳐다보고 있을 때 타다닥, 누군가 빠르게 달려오는 소리가 들리더니 이내 내가 앉은 소파 한쪽이 푹 꺼지며 등에 누군가 달라붙었다.

"어이, 서현우, 준비해라."

"뭘?"

그와 동시에 내 양쪽 귀가 고유준의 손바닥으로 틀어막혔다.

"뭔-."

멋대로 건드리지 마라.

반사적으로 인상을 찌푸리며 고유준의 손을 치우려 할 때

퍼엉-!

막힌 소리로나마 작게 무언가 터지는 소리가 들렸다.

퍼엉! 펑!

폭죽이 연속으로 터지는 소리. 내 귀가 막혀 있어서 그나지 놀라지는 않았지만 준비 없이 들었다면 누구라도 놀랐을 만한 큰 소리였을 것이다.

내가 하늘을 바라보자 그제야 귀를 막았던 손이 사라졌다.

"내 손에 서현우 개기름 묻었음 어쩌지?"

어이없어. 고유준은 질색하며 내 옷에 손을 닦아 댔다.

"주한 형이 보냈어. 폭죽 터지는 거 테스트할 거라고 여기 스태프가 언질을 줘서 너 또 놀라겠다고 빨리 가 보라던데."

"……폭죽 터지는 건 괜찮다고. 어젠 더워서 그랬다니까."

"아, 예예. 멤버 케어해 주는 거지 뭐. 그럼 빠이."

난 어이없다는 표정으로 고유준의 뒷모습을 바라보다 다시 커피를 마셨다.

괜히 틱틱거리긴 했지만 솔직히 고맙긴 했다. 어제 이후로 여러모로 멤버들이 이것저것 어렴풋이 눈치채고 많이 챙겨줌을 느끼는데 방금 전 놀랐을 게 분명하니까.

난 남은 커피를 마저 마시고 일어나 멤버들을 끌어모았다.

남은 시간은 2시간.

마지막이니만큼 실수 없는 무대를 만들고 싶었다.

멤버들과 함께 다시 한번 모니터링 피드백을 마치고 남은 2시간을 지치지 않을 정도로 내리 연습했다.

우리를 비웃고 조롱하는 사람도 아예 존재 자체를 모르고 관심 없는 사람도 무대 위에서의 대단함만은 인정할 수 있도록.

그리고 페스티벌이 시작되었다.

Chapter 12.
비갠 뒤 어게인 (6)

페스티벌이 시작되고도 한참을 더 기다린 후 드디어 우리 차례가 돌아왔다.

"너흰 대단해! 너희 정말 멋있어! 저딴 쓰레기가 하는 말에 휘둘리지 말고 너희만의 최고의 무대를 보여 줘!"

캘리아가 눈에 독기를 가득 품고 말했다.

'저딴 쓰레기'라고 말하며 대놓고 그 가수를 쳐다보곤 또 둘이서 한참이나 눈싸움을 하는 걸 보면 아마 우리가 한국에 놀아간 이후 할리우드 소식으로나 들었던 디스전이 펼쳐질지도 모른다고 생각했다.

우린 캘리아의 말에 큰 소리로 대답하고 이후 레나 선배님의 격려까지 받고선 우리끼리도 따로 구호를 외쳤다.

"우리!"

"잘하자!"

곧 누군가의 진행 없이 영상으로 크로노스가 소개되었다.

달아오른 현장의 관객들은 우리가 누구인지 모르면서도 크게 호응하며 맞이해 줄 준비를 하고 있었다.

첫 번째 무대는 〈크로노스〉.

"다들 파이팅. 미안해. 뒤에서 계속 응원하고 있을게."

"어어!"

"오케이!"

멤버들에게서 느껴지는 긴장감.

난 같이 오르지 못하는 미안함에 괜히 옆에 있던 진성이의 팔을 주물러 주었다.

마침내 소개 VTR이 끝나고 무대가 암전되었다.

무대에 올랐을 때 들을 수 있는 첫 호응을 굉장히 좋아하는 편이다.

무대에 오르는 사람은 누구인지, 어떤 옷을 입고 어떤 공연을 보여 줄지 설렘과 기대가 잔뜩 묻어 나온 환호를 들으면 기분 좋은 긴장감을 느낄 수 있었다.

나에게 내가 오르지 못한 무대란 볼수록 씁쓸하고 아쉬운 것이었다.

"시작한다. 와, 나까지 긴장돼……. 어떡하지? 어떡해요, 형?"

올라가고 싶다. 올라갈 수 있는데. 몸을 다친 것도 아니고 올라갔으면 좋을 텐데.

"기분 너무 이상해요."

카메라 앞에서 멤버들의 공연을 보며 마냥 아쉬워할 수만은 없어 과장스럽게 호들갑을 떨었다.

괜히 수환 형의 손을 흔들어 대고 말도 많이 했지만 그럼에도 아쉬운 티가 많이 났는지 레나 선배님이나 캘리아 로렌스, PD님까지 한마디씩 위로해 주셨다.

"같이 설 수 있었으면 좋았을 뻔했네, 현우야."

PD님의 말에 그제야 난 카메라 앞에 씁쓸한 표정을 보일 수 있었다.

"네…… 사실 같이 서고 싶었어요. 멤버들한테 너무 미안해요."

"조금 있으면 설 수 있잖아. 멤버들 잘하는 거 보자. 현우야, 음료수 마실래?"

레나 선배님이 다가와 장난스레 어깨를 감싸며 빨대 꽂은 요구르트를 건네주셨다.

"……감사합니다. 한국 꺼……."

"내가 좋아해서 챙겨 왔는데 너희 주는 걸 깜빡했어. 먹어 먹어. 옳지."

사람들의 위로를 받으며 요구르트를 마시고 있으니 어린 애라도 된 것 같은 기분이었다.

멤버들의 무대는 무난히 잘 진행되었다.

내 독무 부분은 진성이가 도맡아서 하게 되었는데 불안해 하던 무대 뒤의 모습은 온데간데없고 역시 메인 댄서답게 자신만의 색으로 훌륭히 소화해 냈다.

"이야, 진성이 잘하네. 딱 하루 연습했는데 저 정도야?"

"잘해요, 진성이 진짜."

힘 있는 춤사위에 〈크로노스〉 초반 특유의 애절한 분위기는 조금 사라졌지만 진성이는 자신만의 매력을 살려서 그대로 따라 하는 것보다 훨씬 좋은 반응을 이끌어 냈다.

시작부터 보는 맛이 있으니 당연히 초반 시선 사로잡기는 성공한 셈이다.

아쉽게도 〈크로노스〉 안무 중 가장 유명한 뒤로 끌려 나가는 부분은 생략되었지만……—그것만큼은 누구도 제대로 살리기 힘들었다고 한다—.

그 이후 내 파트들은 멤버들이 번갈아 가며 소화하며 두 개의 무대를 잘 소화해 주었다.

"진짜 잘했다."

난 카메라를 바라보며 멤버들을 가리켰다.

"정말 잘했죠?"

－네, 잘했어요.

"크로노스입니다. 시청자 여러분, 우리 멤버들이에요."

자랑스러움을 담아 한껏 멤버들을 자랑한 난 제작진의 안내를 받아 무대에 나갈 준비를 했다.

"아아, 아."

목을 풀면서 멤버들의 멘트를 듣고 있으니 다시 한번 새록새록 아쉬움이 생겨 괜히 입술만 잘근거렸다.

아무리 생각해도 오늘은 그냥 공연 했어도 됐을 것 같다.

조명도 매우 높고 바람까지 시원해서 어제와 같은 일은 전혀 없었을 텐데.

물론 어제 그 사달을 내고 쓰러졌으니 모두의 걱정을 받으며 무대에서 제외되는 건 어쩔 수 없긴 하지만 그래도-.

그때 추가 멤버에 대한 소개가 끝난 듯 주한 형이 무대 뒤쪽을 가리키며 내 이름을 불렀다.

"현우 씨, 지금 나가시면 돼요."

"네!"

난 무대로 나가며 바라보는 멤버들에게 미안한 표정을 지었다.

멤버들은 그저 즐거운 듯 웃으며 날 맞이해 주었고, 관객들은 지난 두 공연에 만족한 만큼 나에게도 큰 호응을 보내 주었다.

컴컴한 밤, 오직 무대에서 흘러나오는 조명만으로도 환하게 보이는 관객들. 모두 손에 마실 것이나 이곳에서 산 굿즈를 든 채 달아오른 분위기를 즐기고 있었다.

"현우 씨, 무대에 서서 이 풍경을 보니 기분이 어떠세요?"

"와, 진짜, 아까부터 너무 서고 싶었어요. 이런 광경이었구나. 여러분, 너무 멋집니다."

잘되지 않는 영어로 말해도 환호, 감탄해도 환호, 여기저기 휴대폰으로 우릴 찍고 있었으며 고리들도 있었다.

굉장히 자유로운 분위기. 관객들이 우릴 신기해하듯 나도 관객들이 신기해 주한 형의 곡 소개가 이루어지는 동안 한참 그들을 바라보았다.

그러던 와중 관객석의 가장 앞으로 각종 색깔 플라스틱 컵을 든 사람들이 무언가 즐거운 대화를 나누며 들어서기 시작했다.

"어, 저 사람들, 알렉트로즈."

고유준이 복화술로 나에게 말했다.

리허설 당시 캘리아 로렌스와 영혼의 싸이퍼 디스전을 해대던 그 가수, 알렉트로즈와 그의 댄서들이었다.

굳이 우릴 보러 온 건 아닌 듯 하고 공연 전 자기들끼리 놀다가 우연히 우리를 보고 캘리아 로렌스와 맞장 떴던 게 생각나 들린 게 아닐까 싶었다.

우리의 무대에 끌려서 온 게 아니라는 걸 확신한다.

왜냐하면 알렉트로즈는 아직까지도 우릴 보며 댄서들과 비아냥거리고 있었기 때문이다.

말소리 하나 들리지 않았지만 컵을 든 손으로 우리를 가리키며 시시덕거리는 게 이전 알렉트로즈 다큐에서 누구를 비아냥대던 모습과 똑 닮았으니 확신할 수 있었다.

"뭐 얼마나 잘하는지 보자는 건가."

나도 복화술로 고유준에게 말했다.

미국 친구들은 하나같이 재수가 없어.

희미하게 뒤에서 캘리아 로렌스의 비명에 가까운 욕설이 들린 것 같은데 환청이라고 생각하기로 했다.

"그럼 시작하겠습니다. 〈퍼레이드〉."

곡 소개가 끝나고 우린 대형을 다시 맞추었다.

그리고 암전되었다.

"워어어어!!!"

한국의 무대와는 또 다른 관객들의 소리가 들려오고 곧 뒤의 대형 스크린에서 준비한 영상이 흘러나왔다.

거리 공연과 이런 대형 공연장의 가장 큰 다른 점이 바로 이런 것. 영상과 조명 연출 등 무대 몰입도를 최대로 올릴 요소가 있다는 것이다.

연말 무대의 VTR들을 짜깁기한 것뿐이지만 그것만으로도 관객들로 하여금 〈퍼레이드〉 특유의 분위기를 궁금하게 만들기엔 충분하다.

스크린 속 펼쳐진 파스텔색 꽃밭, 꽃밭의 가운데에 서 있는 누군가.

영화 속에서나 나올 법한 판타지 서커스의 단장 같기도 한 이진성은 무표정으로 화면을 바라보았다.

영상이 흘러나오는 내내 조용히 들릴 듯 말 듯 들려오던 '삐-' 소리가 점점 더 커지다 귀가 아파지기 전 뚝 끊겨 사라지고 다음은 주인 없는 공방의 모습이 보였다.

자유롭게 대화를 나누고 즐기던 관객들은 어느새 조용해져 스크린 속 영상을 관람했다.

언제 봐도 영상미가 너무나 좋아 찬사를 받던 영상이고 외국이라고 예쁘고 멋진 것을 받아들이는 눈은 다르지 않았다.

물론 우리의 공연에 주어진 시간은 짧아서 연말 무대 영상 그대로 죄다 내보낼 수는 없고 많이 생략, 편집되었지만— 진성이 이외의 멤버는 장소만 나올 뿐 나오지 않았다—.

신비하면서도 알 수 없고 묘하게 음산한 영상은 누군가의 손목에서 떨어지는 가죽 팔찌가 금테의 회중시계로 바뀌어 산산조각 나며 끝이 나고 서서히 검어졌다.

"쟤네 이름이 뭐라고?"

"크로노스, 크로노스! 몇 번 말해야 외울래?"

"……외울 필요 있어? 어차피 한번 보고 말 녀석들인데."

이번 페스티벌의 촬영을 맡은 PD가 투덜거렸다.

무명이라 그런가 이런 무대도 바짝 준비해서 왔네.

시상식에서나 볼법한 연출을. 아니 시상식에서도 보기 힘들 연출이었다.

비아냥인지 감탄인지 모를 생각을 하며 PD는 제 뒤의 스태프에게 손짓했다.

"감독한테 물어보고 와. 쟤네 진짜 편집할 건지."

이런 페스티벌에 유명 아티스트들이 대거 출연하게 된 건 돈의 힘도 있지만 매년 꽤나 높은 시청률을 점유하며 TV에 방영이 되기 때문이었다.

물론 사고 방지를 위해 녹화 방송을 내보내는 것이고 TV 방영 출연 아티스트 목록에 저들, 한국에서 온 보이그룹 크로노스의 이름은 당연히 없었다.

'이런 연출이면 시선 정도는 끌 수 있을 것 같은데.'

무대 올라와서 술이나 마시며 대충 노래 부르고 호응 유도하다 내려가는 가수보다 훨씬 낫지 않은가.

아까 전 두 개의 무대도 멤버 하나가 빠져 서둘리 메꾼 모양새였지만 그럭저럭 충분히 좋았고.

하지만 얼마 뒤 돌아온 스태프는 고개를 저으며 말했다.

"편집할 거래. 당연한 걸 묻냐고 화내던데?"

"아 오케이. 물어봐 줘서 고마워."

PD는 입맛을 다시며 고개를 끄덕이고 다시 무대에 집중했다.

방금 나온 영상이 너무나 자신의 취향에 부합했기에 재차 물어본 것뿐이다. 이 정도면 화제정도는 되지 않을까 하는 마음으로.

'하긴, 아직 이번 건 무대도 안 했는데 뭘 보고.'

이전 두 무대는 완전체가 아니니 기회가 있어도 내보낼 생각은 전혀 없고 지금부터 할 무대는 영상은 잘 만들어 놓고 개떡 같을 수도 있으니 자신이 신중하지 못했다고 생각했다.

암전된 무대, 조용한 관객석, 누구 하나의 말소리도 튀게 들리는 공간에 무대 위 여럿의 발소리가 들려왔다.

그리곤 사이드의 한편에 스포트라이트가 내려왔다.

여섯 명의 댄서, 그리고 그들의 중심에 무릎을 꿇고 고개를 숙인 백금발 머리카락의 아티스트.

무엇을 할지는 모르지만 초반 몰입도 만큼은 최상이다.

기존의 네 명에 새로운 멤버까지 완전체로는 어떤 모습을 보여 줄 것인지. 새로운 멤버는 어떤 실력을 가진 사람일지.

PD도 스태프들도 관객들도 모두 오로지 서현우에게 시선을 집중한 채 그가 움직이기만을 기다렸다.

그리고 잠시 후, 관객들이 백금발 머리 주인공의 존재를 확실히 인식했을 때쯤 곡에 맞춰 그를 제외한 댄서들이 검은 연기처럼 꿈틀거리며 일어나기 시작했다.

태엽 빠진 인형처럼 고개를 숙이고 있던 백금발 머리의 남자는 곧 검은 그림자, 검은 댄서들에 의해 일으켜 세워졌다.

아쉽게도 스크린을 통해 이를 중계해 주는 카메라는 고개가 완전히 뒤로 꺾였다 돌아와 정면을 바라보는 그의 모습을 제대로 담지 못했다.

하지만 적어도 공연장에서 이를 실제로 지켜보고 있는 관객들만은 잔뜩 몰입한 채 환상에 빠져들 듯 서현우의 공연을 감상했다.

대부분의 관객들에게 아직 가장 새로운 인물인 텐데 서현우의 표정 연기와 실제가 아닌 판타지 영화의 일부를 보는 것 같은 한껏 꾸민 미형의 외모, 낯선 분위기가 그가 없는 바로 이전 무대는 생각조차 하지 못하게 만들었다.

"What?"

이곳저곳에서 호기심 어린 목소리들이 들려왔다.

장담하건대 이번 페스티벌의 모든 무대를 통틀어서 이렇게 조용히, 잘 집중하는 공연은 없었을 것이다.

이건 가수의 무대를 본다기보다 하나의 뮤지컬, 오페라, 예술 작품을 보는 관객들의 모습이었다.

각자의 손에 들린 술과 먹거리를 생각하면 뮤지컬과 오페라라니 전혀 어울리지 않았지만 무대를 대하는 관객들의 마음은 그러했다.

"xxxx! Awesome⋯⋯."

화장을 했다느니 옷차림이 어떻다느니 하는 미국식 조롱도 무대 위 공연자가 사람 같을 때나 하는 말이지. 지금의 서현우는 그저 서서 그들을 바라보는 것만으로 분위기를 만들어 버리는 최고의 아티스트일 뿐이었다.

그리고, 아직 아무것도 하지 않았음에도 이토록 많은 시선을 집중시키는 데에 성공한 서현우가 댄서들과 함께 안무를 선보이기 시작했다.

"꺄아아악!!!!!!"

중간중간 관객들 틈에 섞여 있던 고리들은 난리가 났다.

오늘 서현우가 나오지 않기에 어제 그 사건으로 많이 다친 건가 얼마나 걱정했는지.

근데 그 걱정이 무색하게 건강한 서현우가 나타나 춤을 추고 있다.

서 있다. 존나 서 있단 말이다.

이렇게 무대를 위해 멀쩡한 모습으로 나타나 준 것도, 너무나 완벽한 시작을 보여 준 것도 고리들에겐 너무 고맙고 행복하고 좋았다.

연말 무대와 같이 변형된 MR에 맞춰 가면을 쓴 댄서들에게 휘둘리듯 춤추던 서현우는 전주가 끝나며 댄서들 사이로 끌려들어 갔다.

그제야 잠시 멈추었던 관객들의 환호 소리가 재차 들려왔
다.

서현우를 비추고 있던 스포트라이트가 꺼지고 센터로 들
어오는 조명.

고유준이 멤버, 댄서들과 함께 발소리를 맞춰 앞으로 나가
며 파트를 시작했다.

캘리아 로렌스의 시선은 한참이나 서현우에게 머물러 있
었다.

다른 멤버들의 파트가 이어지고 단체 군무가 시작되고 서
현우의 모습이 댄서들에게 가려져도 그에게서 시선을 떼지
못했다.

일반인 오디션 프로그램에서 훗날 톱스타로 변모될 사람
의 역사적인 첫 무대를 보게 된 기분이라고 할까.

목소리, 가창력, 댄스 실력 등등 크로노스 멤버들에게는
제각기 내세울 수 있는 강점이 확실히 있었지만 확실히 사람
들의 시선을 휘어잡는 스타성은 서현우가 독보적이었다.

'그런데.'

캘리아의 눈살이 찌푸려졌다.

관객도 크로노스에게 호의적이게 됐을지언정 그 까다로운

캘리아조차 진심으로 감탄하며 무대를 지켜보는 와중에도 아직까지 어리석은 조롱을 보내는 자가 있었다.

'알렉트로즈.'

캘리아와 크로노스 사건 이전에도 한번 큰 싸움을 한 적 있을뿐더러 그 질이 안 좋기로 소문난 톱 가수.

마약은 물론 그런 자신들만의 멋에 사는 놈이다.

"하아…… 저 빌어먹을 두꺼비 새끼."

"……캘리아! 너 욕 좀 그만해! 버젓이 카메라 돌아가는데."

"레나, 이 중에 내 성격 모르는 사람 있어? 없어. 알아서 자르거나 내보내겠지. 상관없어, 내보내도."

어차피 모두가 알렉트로즈의 질이 나쁘다는 걸 알 듯 캘리아의 성격이 개차반 같은 것도 알고 있으니까.

그래서 캘리아는 오늘도 자신이 하고 싶은 대로 행동할 생각이었다.

캘리아는 자고로 유치한 싸움을 매우 좋아하는 사람이다.

"매니저, 내 휴대폰."

"어? 어."

캘리아의 손에 그녀의 화려한 휴대폰이 건네졌다.

현재 알렉트로즈는 자신의 댄서들과 함께 가장 앞 열에서 크로노스를 조롱하고 있었다.

다들 무대에 집중하고 있는 와중 그들만이 크로노스의 무대를 제대로 볼 생각은 하지도 않고 양손으로 제 눈을 찢으며 동양인 비하식 제스처를 하거나 시끄럽게 소리를 질러 댔다.

그것도 크로노스의 시야가 가장 잘 닿는 가장 앞 열 가운데에서.

미국 연예계야 저런 대놓고 또라이 같은 놈들이 판을 치는 곳이고 캘리아도 그 또라이 중 하나였지만 그녀조차 알렉트로즈가 도대체 왜 저러나 이해할 수 없는 수준이었다.

캘리아가 휴대폰을 들어 올렸다.

"뭐 하게?"

"쉿."

찰칵!

캘리아는 정확히 알렉트로즈가 크로노스를 향해 양 눈을 찢었을 타이밍에 그의 사진을 찍었다.

그러곤 그대로 자신의 SNS에 올려 버렸다.

a piece of shit! (이 쓰레기 같은 xx)
Somebody get rid of that stupid!(누가 저 멍청한 놈 좀 치워 줘)
(알렉트로즈가 눈 찢는 사진.jpg)

"Hey!"

매니저가 놀라며 캘리아의 휴대폰을 뺏었지만 캘리아는

전혀 거리낄 것 없는 표정이었다.

자신은 원래 이런 사람이었고 이런 식으로 저격한 게 한두 번이 아니다. 이제 와서 그녀의 막무가내 성격이 쉽게 바뀔 리가.

"……어떻게 이번 촬영은 하루도 조용한 날이 없니? 진짜 너무 피곤해."

레나는 제 머리를 짚은 채 표정이 일그러지는 제작진에게 대신 고개를 숙였다.

"죄송해요, 다들. 여러분들은 모른 척하세요. 이건 캘리아네 일이니까 저쪽에서 알아서 하겠지. 우리는 신경 쓰지 맙시다."

"네…… 뭐."

그러나 캘리아는 언제나 〈비갠 뒤 어게인〉 팀에 시련과 함께 크나큰 기회와 보상 또한 주는 존재. 캘리아의 돌발적인 행동은 여기서 끝이 아니었다.

그녀는 추가로 크로노스와 아직도 조롱 중인 그를 번갈아 가며 동영상까지 찍고선 또 한참 크로노스의 무대를 감상하다 〈비갠 뒤 어게인〉 팀 제작진과 함께 어딘가로 향했다.

그 시간, 피곤함을 눈에 한달음 안고 습관적으로 입맛만 다시던 페스티벌 촬영 담당 PD는 이따금 실수를 할 정도로 크로노스의 무대에 흠뻑 빠져들어 가고 있었다.

20년 넘게 무대 촬영 담당을 하고 있었지만 이렇게 화려하고 역동적인 공연, 자신의 취향에 부합하는 무대는 처음이었다.

밤이 지나면 사라질 화려함.
같이 가자, 환상 속에 갇힌 나를
너는 다시 보고 싶어질 거야
You need me

가사 하나 알아듣지 못해도 상관없다.

무대의 분위기는 충분히 느끼고 있으며 곡이 향하는 방향 또한 그들의 목소리와 표정으로 벅찰 만큼 깨달았다.

강하면서도 화려하고 슬픈 피아노 소리가 몰아치고 메인 댄서인 이진성이 댄서들을 지휘하듯 안무를 선보인다.

그러다 그의 곁에 백금발 머리의 멤버가 다가와 둘이서 지팡이를 이용한 페어 댄스를 시작한다.

아무래도 저 두 사람이 이 그룹의 메인 댄서들인 모양이었다.

기계음이 사라지고 피아노 선율에 바이올린 연주와 노이즈가 섞여들었을 때 PD는 제 근육질 팔에 오스스 돋아나는 소름을 느끼며 피부를 쓸었다.

그들에게 거는 기대 따위 없이 그냥 대형 아티스트들의 준비 시간으로 인한 공백을 메꾸기 위해 올린, 누구도 모르는 가수들이니까 리허설을 하는 둥 마는 둥 대충 했었다.

그랬기에 그가 받아들이는 공연에 대한 감명은 더더욱 깊었다.

미국에서 있었던 공연 중 크로노스가 가장 힘을 준 최고의 무대가 그에게는 처음 보는 것과 다름없는 무대였기에.

"잘하네."

"관객들의 반응도 좋아. 환호나 호응은 없지만 그것도 다 진지하게 관람하기 위해서인 듯하니까, 너처럼."

스태프의 말에 PD가 고개를 끄덕였다.

"저 무대를 방송에 내보내지 못하는 건 저 무명 아티스트들에겐 정말 아쉬운 일이겠네."

분명 많은 사람들에게 어필할 수 있을 무대인데.

PD가 이진성을 가리켰다.

"난 춤추는 건 저 남자 쪽이 좋아. 힘 있거든. 전문 댄서일 거야, 아마."

"그래?"

하지만 이진성의 춤이 더 좋다던 PD의 취향은 바로 다음 파트인 서현우의 독무 부분에서 곧바로 바뀌었다.

PD가 서현우를 가리켰다.

"아니야. 저 남자 쪽이 더 좋아. 저 표현력이 좋아, 첫 시작 때부터."

서현우 특유의 유연하고 우아한 춤선과 머리카락 한 톨 그 냥 쓰지 않는 듯한 표현력은 그에게 굉장히 유니크하고 신비 스럽게 받아들여졌다.

사실 20년 경력 공연 전문 PD의 춤 취향과 목소리 취향은 파트가 바뀔 때마다 계속 바뀌고 있었다.

함께 있던 스태프가 너스레를 떠는 PD의 말에 어이없어 웃음을 터트리고 있을 때였다.

"좋은 밤이지?"

갑작스러운 목소리에 고개를 돌린 두 사람의 움직임이 순 식간에 굳었다.

"⋯⋯왓 더."

캘리아 로렌스가 여긴 왜?

미국의 대표적인 트러블 메이커이자 최고의 톱스타 캘리 아 로렌스가 이 땀내 나는 공간에 갑작스럽게 들이닥친 것이 다.

"인사차 왔어."

인사할 이유도 없는 사람이 인사차 왔다니 어이가 없지만 PD는 일단 굳은 입꼬리를 억지로 올리며 캘리아에게 인사했 다.

"너 와 있다는 말은 들었어. 저 무명 아티스트들이랑 무언 가 촬영 중이라며? 기사로 봤어."

"무명 아티스트?"

캘리아는 같잖다는 듯 거들먹거리며 고개를 저었다.

"저들이 한국에서 얼마나 인기가 많은 줄 모르는구나? 내가 아예 이름 없는 애들이랑 일할 리 없잖아?"

거짓말이다. 캘리아는 초반 크로노스의 실력을 알기 전까지만 해도 무명이라며 생무시를 하며 레나의 친분으로 꾸역꾸역 시간을 냈었다.

"아, 그래? 그렇군."

PD는 대충 맞장구치며 대답했다. 그에겐 캘리아가 어떤 마음으로 크로노스와 협업하는지 전혀 상관없고 관심 없는 일이었기 때문이다.

'그나저나 무슨 일로 온 거지?'

빨리 사라져 줬으면 좋겠는데.

어찌 됐든 제작진에게 캘리아의 갑작스러운 일터 방문은 별로 반길 만한 것이 아니었다.

일에 방해가 될 뿐이니까.

그러자 빠르게 PD의 생각을 읽은 캘리아가 대뜸 출연진 배부용 세트리스트를 꺼내 펼쳤다.

"크로노스의 공연은 TV 방영이 되지 않는다던데."

"맞아. 저들은 이 나라에서 인지도가 없으니까."

"후회하지 않을까?"

"뭐가?"

그래서 하고 싶은 말이 뭔데? PD의 물음에 얼른 꺼지라는 듯 짜증이 섞여 들었다.

캘리아 로렌스와는 별로 친하지도 않을뿐더러 PD는 아티스트 중에서도 눈에 튀게 트러블을 일으키는 그녀를 별로 좋아하지 않았다.

솔직히 그녀가 빨리 가 줬으면 했다.

그러나 캘리아는 그 시선을 알면서도 아무렇지 않게 자신의 말을 이어 나갔다.

"저들의 탄탄대로는 정해져 있어. TV 방영을 하지 않아? 너희는 저들을 처음으로 미국 방송에 송출할 기회를 놓치는 거야."

"무슨 소리야?"

무슨 소리는 무슨 소리야. 저 미친 무대를 TV에 무조건 내보내라는 말이지.

이건 크로노스를 위한 것이 아니다. 곧 크로노스와 곡을 낼 자신을 위해 하는 말이다.

캘리아가 크로노스에게 곡을 주고 해당 곡에 대한 프로듀싱을 맡을 예정인 이상 크로노스의 대중적인 인지도 기반을 미리 닦아 둬야 곡의 시너지가 최고로 올라갈 테니까.

그러나 캘리아는 그런 자신의 속내를 일단 접어 두고 에둘러 말했다.

"내가 좋아하는 애들이야. 저들에게 곡을 줄 거고 무조건 띄울 거야. 내가 곡을 준 가수들이 어떤 식으로 떴는지 알지?"

무명이든 원래 대박의 낌새가 보이는 루키든 캘리아의 선택을 받아 곡을 받으면 그 곡으로 빌보드 상위권, 혹은 1위를 찍고 승승장구하곤 했다.

"나와 협업하게 되었다는 것만으로 송출 가치는 충분할 것 같다고 생각하는데. 저렇게 좋은 무대를 보여 주잖아."

"물론 오늘 무대 중 최고의 무대임은 인정하지 않을 수 없어. 하지만 이건 이미 정해진-."

"무대에서 대충 여기저기 휘적거리며 술이나 마시고 노래 부르는 동양인을 보며 눈깔이나 쫙쫙 찢는 마약중독자 두꺼비 새끼보다 저들이 낫지 않아?"

"무슨 소리야?"

캘리아가 제 SNS에 올라간 알렉트로즈의 사진을 보여 주었다.

"이 새끼 송출권 빼고 크로노스 넣자. 이 새끼 곧 인종차별로 크게 논란될 예정이니까."

"…….."

캘리아가 얄미울 정도로 방긋방긋 미소 지었다.

"인종차별하는 두꺼비를 방송에 내보내려고? 에이, 설마?"

"FXXX!"

"얘 말고 우리 넣자."

아이, 이이 이런 시발.

사고쳤네.

캘리아든 알렉트로즈든 이 새끼들은 왜 이 공연장에 와서 지랄들이야?

PD는 방영될 출연진을 바꾸는 걸 무슨 음식 메뉴를 바꾸는 것처럼 쉽게 말하는 캘리아를 노려보며 무전기를 들었다.

"감독, 잠깐 할 이야기가 있어."

주한 형, 윤찬이 그리고 고유준의 댄스 파트가 마무리되었다.

뒤에서 대기하던 나와 이진성이 다시 앞으로 나서고 마지막 댄스 브레이크가 이어졌다.

예전 연말 무대에서는 이때쯤 댄서들이 대형 깃발을 가져와 휘날려 주었는데 아쉽게도 지금은 그렇게까진 하지 못했다.

네가 어디에 있든

내가 있을 거야

두려워할 필요 없어

너의 시간은 멈추었으니

마음이 깊어질 시간은 영원히─

주한 형의 파트가 끝나자마자 댄서들의 손이 온몸에 다닥다닥 붙어 왔다.

주한 형이 끌려가듯 뒤로 사라지고 점점 조명이 어두워졌다.

그리고 나에게만 내려오는 스포트라이트.

양 사이드의 대형 화면 모두 온전히 내 얼굴을 비춰 주며 내 움직임에 집중하고 있었다.

난 사람들의 시선을 느끼며 터덜터덜 걸어 중앙으로 향했다.

걸어가는 시간이 꽤 길었는데 그동안 갑작스레 터져 나온 관객들의 함성은 멈출 줄을 몰랐다.

그렇게 도착한 중앙 스테이지의 가운데. 천천히 무릎을 꿇고 있자 나를 대신해 내레이션이 작은 중얼거림을 읊었다.

영원히

그리고 고개를 숙였다. 비로소 나를 비춰 주던 조명까지 모두 다 꺼지자 나는 환호 속에서 바닥을 짚은 채 숨을 골랐다.

사방에서 감탄사가 쏟아지고 말소리도 들려왔다.

난 한참 그렇게 무대 소리를 듣다 다음 공연을 위한 진행이 시작되고서야 암전 속에서 인사하고 서둘러 무대를 내려왔다.

오랜만에 이렇게 넓은 무대를 뛰어다니니 힘들긴 하구나.

고작 한 곡 한 내가 이 정도이니 다른 멤버들은 거의 기진맥진한 상태가 되었을 거다.

날 데리러 온 스태프들과 함께 대기실로 향하자 역시나 멤버들은 녹초가 되어 각자 드라이기를 손에 쥔 채 널브러져 있었다.

"왔냐?"

"왔다. 야, 너네 뒤에서 봐도 잘하더라."

"잘하기는 무슨. 멤버 하나 없다고 위에서 얼마나 허우적거렸는지 모르지?"

"현우 형이 얼마나 큰 존재인지 다시금 깨달았어요."

"무대 중앙이 텅텅 비어 가지고 아주."

"미안."

내가 사과하자 멤버 모두가 우르르 뭐가 미안하냐며 화를 냈다.

너무 크게 소리치길래 당황하며 웃다가 스타일리스트 누나가 시키는 대로 앉아 조용히 머리나 말렸다.

우리의 공연이 끝난 이후엔 또 한참이나 대기해야 했다.

듣기론 먼저 돌아간 아티스트도 있다고는 하는데 페스티벌 마지막쯤에 하는 단체 인사를 위해 대기 중인 이들도 있다고 했다.

아까 자기 무대가 끝났는데도 굳이 남아서 눈 찢으며 조롱하던 알렉트로즈도 분명 그중 하나일 터다.

대기하는 동안 〈비갠 뒤 어게인〉 측에서 준비한 일정은 딱히 없었다.

무언가 일정을 짜기에도 애매한 시간이라 우리는 그저 카메라를 대동한 채 페스티벌의 남은 공연을 보거나 주변 부스를 돌아다니며 먹거리, 게임을 즐겼다.

페스티벌 주최 측은 12시를 훌쩍 넘겨 새벽 2시가 가까워지고서야 마무리하겠다며 우릴 호출했다.

열기로 가득했던 페스티벌의 끝, 원 없이 실컷 논 사람들과 아티스트들이 DJ의 디제잉에 맞춰 여유롭게 춤을 췄다.

남아서 호출당한 아티스트들은 모두 무대에 올랐는데 우리 외에는 다들 면식들이 있는 모양이라 우리 빼고 열심히 어울려 즐거워했다.

쟤네가 우릴 따돌린 게 아니고 우리가 쟤넬 따돌린 거야.

뭐 우리도 우리끼리 흥 타며 잘 놀았다.

사방의 스피커에서 클럽에서나 들을 법한 노래들이 흘러나왔다.

아직도 불태울 체력이 남아 있는지 다들 열심히 춤추고 즐길 무렵, 난 조금 시끄럽다는 생각을 하며 슬그머니 귀로 손을 가져가고 있었다.

그때 윤찬이가 몸으로 내 시야를 가로막으며 미소 지었다.

"형은 예쁜 것만 보세요."

"어?"

그렇게 알 수 없는 말을 하고 슬그머니 뒤로 가더니 리허설 때의 고유준처럼 내 귀를 조심스럽게 손으로 덮어 막아주었다.

그 순간 '퍼엉-!' 하고 내 귀를 덮은 손 너머로 자그만 폭죽 소리가 들려왔다.

나는 그 작은 소리에마저 움찔, 깜짝 놀라 몸을 움츠리다 살그머니 하늘을 올려다보았다.

하늘 높이 올라간 빛이 활짝 펼쳐지며 밤하늘을 수놓고 있었다.

하나, 둘, 또 하나, 셋.

연속으로 터지는 화려한 폭죽에 시선도 떼지 못한 채 한참이나 올려다보았다.

"……고마워, 윤찬아."

터지는 소리도, 사람들의 좋아하는 목소리조차 들리지 않는 조용한 폭죽놀이였다.

내가 이런 걸 본 적이 있었던가?

그러나 그조차도 너무 아름다워서, 멤버의 배려가 너무 고마워서 마음이 아릿하게 울려 왔다.

폭죽을 끝으로 길었던 페스티벌은 마무리되었고 우리의
〈비갠 뒤 어게인〉도 뒤풀이만을 남겨 두게 되었다.

페스티벌 당일은 새벽 늦게 숙소에 도착해 멤버 모두가 지
쳐 쓰러지듯 잠이 들었다.

그리고 그날 오후, 하나둘씩 일어나는 순서대로 〈비갠 뒤
어게인〉을 마무리하는 인터뷰를 진행했고 나는 한참 일어나
지 못하다가 언제나 그렇듯 고유준의 발에 깨워져 간신히 준
비만 하고 인터뷰장으로 향했다.

비몽사몽 하던 정신은 다행히 인터뷰를 진행하기 전에 또
렷해졌다.

–〈비갠 뒤 어게인〉 촬영이 모두 마무리되었어요. 어떠셨나요?

"음, 굉장히……."

고생했지, 그냥 고생이 아니라 하루도 빠짐없이 정말 많
이.

"즐거웠어요. 평소 하지 못했던 곳에서 공연을 즐기고 관
객들과 소통하는 것도 좋았고, 뭔가 오히려 저에게 낯선 곳
이라 더욱 즐길 수 있었던 것 같아요. 평소 동경하던 아티스

트들도 만났고."

이상하리만치 하나같이 성격이 더럽긴 했지만.

-정말 즐거우셨군요.

"네, 무엇보다 방송이나 공연에서 자주 즐겨 불리던 노래, 살면서 절대 불러 보지 않을 법한 노래처럼 많은 도전과 모험을 해 볼 수 있었습니다."

-기억에 남는 공연이 있나요?

"저는 가장 처음 했던 길거리 공연이요. 마지막 페스티벌도 좋았지만 뭔가 관객들이랑 함께 즐기며 무대 한다는 느낌? 놀면서 춤도 추고 노래도 부른다는 느낌이어서 좋았습니다."

그 이후에도 '다음에 또 〈비갠 뒤 어게인〉을 한다면 어떤 것을 해 보고 싶어요?', '캘리아 로렌스 씨와의 곡은 조만간 들을 수 있나요?', '시청자분들이 주목해서 봐 주었으면 하는 부분들은 무엇인가요?' 등등의 질문이 이어졌는데, 전부 무난하게 답할 수 있는 것들이었다.

무난하게 인터뷰가 마무리되고 슬슬 일어나 뒤풀이 장소로 향하려던 나는 몸을 움직인 지 얼마 되지 않아 곧장 제작진에게 다시 붙들렸다.

-현우 씨.

"네?"

-저희가 인터뷰하시는 멤버분들 한 분 한 분께 서프라이즈로 알려

드렸는데요.

"뭐가요?"

−저희 어제 페스티벌 출연했던 부분, 현우 씨가 무대에 올라간 마지막 부분뿐이지만 TV에 방영된다고 하네요.

"……어."

정말? 왜 갑자기? 이게 무슨 일이야?

난 제대로 된 반응을 하지 못했다. 그저 카메라에 대고 멍청한 표정을 지으며 '네?' 하고 다시 한번 되물을 뿐이었다.

그도 그럴 게, 주최 측이 우릴 영 탐탁지 않아 한 데다 리허설부터도 대우가 엉망이라 TV 방영은 그냥 일말의 기대조차 하지 않았던 부분이기 때문이다.

정말 말 그대로 '갑자기 왜?' 하는 의문만 계속 들었다.

그러자 제작진은 어색한 웃음소리를 내며 어깨를 으쓱였다.

−자세히는 말할 수 없지만 아무튼 여러분들 무대가 굉장히 좋아서 방영할 가치가 있다고 판단했대요. 정말 축하드려요.

"감사……합니다……."

난 어리벙벙히 제작진에게 인사하고 인터뷰장에서 나왔다.

좋은 일인데 실감이 나지 않아서 그런다.

보통은 일말의 가능성이라도 있는 것들이 이루어지곤 하지 않던가.

상상조차 한 적 없던 좋은 일이 생겼지만 그냥 실감하지 못한 채 멍하니 숙소로 되돌아왔다.

내가 겨우 있는 그대로 기쁨을 누리게 된 것은 이미 인터뷰를 통해 소식을 알고 있던 멤버들이 활짝 웃으며 다가와 다 같이 강강술래를 하게 되었을 때였다.

출연진 모두의 인터뷰가 끝났을 때 레나 선배님이 머물던 숙소에 한가득 뒤풀이 상이 차려졌고, 우린 드디어 촬영도 막바지라는 생각에 좋아하며 뒤풀이를 시작하였다.

주한 형을 제외하고 미국에선 아직 스물이 넘지 않은 우리들의 컵엔 일제히 탄산으로 가득한 사이다가 채워졌다.

나와 고유준은 굉장히 많은 의미가 담긴 눈으로 서로를 바라보았다.

고유준은 어떨지 모르겠지만 적어도 나는, 오늘만큼은 술 한잔하고 드디어 이 말도 탈도 많았던 촬영이 끝났음을 축하하고 싶었단 말이다!

우린 동시에 시선을 돌리고 동시에 음식을 집어 아작거리며 동시에 씁쓸한 한숨을 내쉬었다.

행동을 보아하니 고유준도 나랑 비슷한 생각인 모양이다.

둘 다 술 못하기는 하지만.

술을 입에도 댄 적 없는 막내들은 각자 좋아하는 요리를 먹으며 재밌게 즐기는 듯했고, 레나 선배님과 캘리아를 포함한 어른들은 이미 술판이 벌어진 지 오래였다.

　주한 형이 술을 먹고 취해서 잔소리를 해 대면 어쩌나 걱정했지만 의외로 주한 형, 술 먹고도 어른들 앞에선 얌전했다.

　주사도 사람에 따라 조절하나 보다, 저 형은.

　어른들은 어른들끼리 술을 마시고 우린 우리끼리 또 회포를 풀었다.

　"고생했어."

　"고생하셨어요."

　"우리 다음에 우리끼리도 한번 와 보자."

　비록 이번에는 보는 눈이 많아 편한 대화는 나누지 못했지만.

　"아! 여러분! 너희들을 위한 신곡! 한번 들어 볼래?"

　어른들에게 방해되지 않는 선에서 조용히 대화하던 우리의 시선이 일제히 캘리아에게로 향했다.

　바로 오늘, 알렉트로즈를 공개적으로 저격했다며 특보가 난 미국 최고의 셀럽 캘리아는 지금 우리 앞에서 잔뜩 취한 상태로 제 휴대폰을 높이 들어 올리고 있었다.

　'참 감개무량-.'

　"강주한이랑 내가 틈날 때마다 싸워 가며 만든 곡이야!"

"대놓고 싸웠다고 말하지 마! 그냥 음악적 견해 차이라고 하면 좋잖아?"

"어우, 주한, 또 잔소리!"

캘리아가 질린 표정을 지으며 귀 파는 시늉을 했다.

한동안 줄곧 같이 음악 작업을 하더니 캘리아 또한 강주한의 잔소리를 많이 들은 모양이다.

"어쨌든 들어 봐!"

"참고로!"

캘리아가 음악을 틀기 전, 마찬가지로 술기운이 돌아 좀 들뜬 것 같은 주한 형이 끼어들어 말했다.

"우리 타이틀곡은 아니야!"

"SHIT! 꺼져! 주한! 들어 봐!"

둘이 저러면서 어떻게 음악 작업을 한 거지?

어쨌든 캘리아는 휴대폰 속 음악을 틀었고, 모두 잠시 대화를 중단한 채 두 사람이 함께 작업한 곡을 감상하기 시작했다.

아마 이 부분은 방송에 나갈 때 편집되거나 다른 음악을 덧씌워 대체될 것이다.

캘리아와 주한 형의 작업이다. 그것도 캘리아가 거의 완성해 둔 곡에 주한 형의 소스가 들어간 곡.

절대 안 좋을 수 없는 곡이라고 생각했고 역시나 듣자마자 첫 파트부터 최근 트렌드, 최신 감성 다 퍼펙트하게 잡았다는 감탄부터 했다.

　처음에는 너무 좋아서 줄곧 감탄하며 듣기만 했고, 두 번째로 생각한 건 '서로 양보 굉장히 많이 했구나.'라는 것이었다.

　어떻게 이렇게 각자의 곡 스타일이 반반씩 섞여 있는지.

　제 작품에 대해 욕심 많은 사람들이 이렇게 합을 잘 맞춘 걸 보면 그렇게 싫다고 싸워도 솔직히 음악 취향은 잘 맞았던 모양이다.

　"근데 이걸 타이틀곡으로 안 낸다고? 이것보다 좋을 수 있어?"

　"맞아. 이거 너무 좋은데? 타이틀 아니면 너무 아쉽지 않나."

　내가 말하자 주한 형은 고개를 저었다.

　"이건 디지털 싱글로 낼 거야. 캘리아 로렌스 피처링인데 묻을 수도 없고 그렇다고 타이틀로 하기엔, 우리 첫 정규 앨범 타이틀인데 멤버 목소리만 들어가길 바라지 않아?"

　"그건 그런데, 뭐 디지털 싱글이면 이 곡도 충분히 주목받을 수 있단 말?"

　주한 형은 고유준의 말에 수긍하며 계속 말을 이었다.

　"어쩌면 뮤비도 나올 수 있고. 타이틀은 이미 예전부터 컨셉이 정해져 있어서 이걸론 못 나갈 거야."

　우린 여기까지 말하고 더 깊이 들어가기 전에 이 이야기를 마무리 지었다.

그러곤 주한 형이 캘리아를 바라보며 슬쩍 말했다.

"그런데 너 우리한테 할 말 있다고 하지 않았던가, 캘리아?"

주한 형의 조곤조곤한 말에 신나서 레나와 대화를 나누던 캘리아가 멈칫, 어쩐지 조금 주눅이 든 얼굴로 슬그머니 일어섰다.

"레나 언니, 언니들, 이야기 나누고 있어. 나 쟤네랑 잠시 이야기 나눌래…….."

"어? 그래라."

그게 뭐 별거라고. 레나 선배님은 흔쾌히 캘리아를 놓아주었고 캘리아는 굉장히 얼굴이 빨개진 채로 다가와 우리 앞에 앉았다.

"어어…… 어서…… 오세요?"

당황한 진성이가 인사를 하고.

"술, 술이나 한잔할래?"

더 당황한 캘리아가 미성년자들에게 술을 권했다.

"아니아니아니아니요…….."

우린 기겁하며 동시에 손을 내저었고 캘리아는 뒤늦게 자신의 바보 같은 행동을 깨달으며 술병을 내려놓았다.

"할 말이 뭐야?"

내가 괜히 주한 형을 보며 묻자, 주한 형이 캘리아를 보며 또 조곤조곤 말했다.

"캘리아, 나랑 약속했던 거 천천히 말해도 되니까."

"됐어! 그, 너희들, 내가 미안해."

"예?"

"그때 늦게 오고 오해해서 펑크 내고, 그냥 무례했다고 생각해. 미안했어."

"아, 저흰……."

물론 기분은 많이 나빴는데 상대가 너무 톱이라 반쯤 체념하고 있던 부분이었다.

그걸 설마 사과해 줄 줄은.

"내 행동이 얼마나 무례했는지 주한이 음악 작업을 하며 틈틈이 알려 줬어. 같이 협업을 하는 사이에 일방적으로 한쪽을 무시하는 관계가 되어서는 안 돼. 정말 미안했어."

아 캘리아도 예외 없이 주한 형의 예절 교육을 들은 모양이었다.

"아…… 주한 형아……."

단번에 눈치챈 예절 교육 1기생 진성이가 저도 모르게 탄식하고. 우린 조금이나마 가지고 있던 불만이 풀리며 캘리아의 진심 어린 사과를 받아 주었다.

그렇게 조금 풀린 분위기에 캘리아와 주한 형의 작업했을 때의 썰 등을 듣고—진성이는 도중부터 전혀 못 알아듣겠다고 나와 윤찬이에게 통역을 부탁했다— 또 각자 이야기를 나누며 뒤풀이를 마무리했다.

"〈비갠 뒤 어게인〉 촬영 마치겠습니다!"

"와아아아!!!!"

뒤풀이의 끝쯤 PD님의 우렁차고 속 시원한 목소리와 함께 〈비갠 뒤 어게인〉 촬영 종료를 알리는 슬레이트가 쳐졌다.

이젠 제작진 모두가 함께하는 뒤풀이 시간.

다들 각자의 자리에서 함께 고생한 만큼 새벽까지 이야기는 끊일 줄 몰랐다.

그리고 다음 날, 우린 여전히 비몽사몽인 채로 한국행 비행기를 타기 위해 공항으로 향하는 차에 올랐다.

뒤풀이가 새벽 늦게까지 이어진 덕분에 난 몹시 피곤한 상태였고 공항으로 가는 길은 멤버들 모두 잠에 취해 있었다.

미국행 비행기를 타러 이동할 당시 내 모습을 떠올리면 잠에 푹 절여진 게 내 입장에선 그게 참 다행인지도 모른다.

그러나 이 느낌 그대로 피곤한 느낌을 끌고 가고 싶었던 나의 계획과는 달리 역시 공항에 가까워질수록 잠보다는 불안함이, 두려움이 더 앞서 정신이 말똥해졌다.

답답한 마음을 숨길 수 없어 숨 쉬기가 어려웠다.

숨을 인위적으로 끝까지 들이켜지 않으면 이대로 막혀 죽을 것 같은 느낌에 나는 계속 크게 들이쉬었다 내쉬길 반복했다.

"형, 불편해하는 것 같은데. 물이라도 줄까? 도움 될 것 같아?"

내 호흡이 부자연스럽다는 걸 눈치챈 진성이가 걱정스러운 표정으로 창문 커튼을 치고 물을 건넸다.

난 괜찮다는 의미로 고개를 저으며 물을 밀어냈다.

"못 마실 것 같아. 조금 있다가……. 약 먹고 자기 전까지만 참으면 될, 것 같은데……."

진성이만 들리는 목소리로 중얼거리자 진성이는 입술을 바르작거리더니 고개를 끄덕이고 공항에 갈 때까지 내 등을 쓸어 주었다.

"하아……."

뭐가 그렇게나 불안해.

타고 왔잖아. 아무 일 없었잖아.

자고 일어나면 금방인데 왜.

그러나 생각의 끝엔 언제나 그날, 과거로 돌아오기 전 마지막으로 들었던 폭발음이 환청처럼 들려오며 끝이 났다.

"현우야, 다 왔어. 조금만 버티자."

내 상태를 눈치챈 주한 형이 백미러로 날 보며 말했고 그러자 멤버 모두가 날 바라보았다.

"큰일이네. 형, 얘가 숨을 잘 못 쉬는데."

고유준이 말하자 수환 형이 무언가를 건네왔다.

"이거 도움이 될까 싶어서 챙겨 봤습니다만."

콘서트나 긴 공연을 할 때 많이들 쓰는 휴대용 산소 캔이었다.

산소 캔은 멤버들의 손에 손으로 건네져 진성이의 손에 들어왔고 진성이는 캔을 들어 내 눈앞에 보여 주었다.

"형, 쓸래요?"

"……나 진짜, 너무 민폐야. 미안, 해…….."

"아이 씨, 형! 가족끼리 민폐이니 뭐니."

진성이는 듣기 싫다는 듯 강제로 내 입과 코를 산소 캔 마스크로 덮어 버렸다.

그걸로 숨이 조금은 차분해졌을까.

여전히 불안함에 심장이 빠르고 크게 뛰어 옴을 느끼며 그나마 멤버에게서, 이 작은 산소 캔에서 겨우 안정될 만한 것을 찾아내려 애썼다.

얼마 후 우린 공항에 도착했고 당연하다는 듯이 윤찬이가 내 옆에 붙어 왔다.

아니 멤버와 스태프 모두가 나에게 붙어 왔다.

정말 다행인 것은 미국 공항에선 그나마 우릴 기다리는 고리들의 수가 적다는 것이었다.

비행의 두려움은 있을지언정 그전에 먼저 닥치던 사람에 대한 두려움은 오늘 없었다.

그러나 온전히 비행에 대한 두려움이 너무나 컸던 탓에 체크인을 위해 대기할 때부터 거의 정상적으로 머리가 안 돌아가기 시작했다.

몸의 떨림이 너무 심해져서 그냥 앞에 잡히는 멤버인지 스태프의 옷을 붙들고 작게 흔들었다.

"나 그냥, 나 그냥 지금 약 먹으면 안 될까?"

혹시 비행기에 탔는데 약 받는 시간이 늦어서 잠들기도 전에 출발하면 어떡해?

불안함은 극에 달했고 말을 거는 목소리는 떨려 왔다.

"서현우, 약 지금 안 먹어도 출발 전에는 잠들어. 괜찮다."

고유준이 말했다.

내 어깨를 감싸는데.

"형, 어디 잠깐 사람 없는 곳에서 쉬고 가야 할 것 같아요. 수환 형."

윤찬이가 말을.

"현우 그때랑 비슷해지는데 지금 안색이 창백해. 수환 형? 얘 지금 패닉 온 거-."

"형, 식은땀 나요."

"비행까지 얼마나 남았어요?"

"일단 기다리세요. 약 먹어도 괜찮습니다. 약 종류가 두 개인데 증상 시작되면 먹는-."
"제가 챙길게요."

"수하물 위탁하고-."

아마 멤버. 누군가들에게 이끌려, 의자에 앉았고 손에 무언가 물과 함께 쥐이긴 했는데 무엇인지.
난 아무나 붙잡고 말했다.
"형, 얼마나 기다려야 해요? 약 먹으면 안 돼요?"
비행기 타기 싫어.
"현우야, 형 말 제대로 듣고 있어? 네 손에 약 있어."
"한국에서 올 때도 이랬었지. 알고 보니까 더 심하네. 지금 우리 분간 못하고 있는 거 아니야? 서현우 괜찮냐? 어떡해. 그냥 달라는 거 주자, 주한 형."
"유준이 목소리 줄여. 현우야, 손에 약 있어."
"어? 손에-."
아, 나 손에 약 가지고 있었구나.

약에 너무 의존하지 말라는 말을 들었지만 내 손에 약이 들려 있다는 것만으로 돌파구를 찾은 것처럼 순식간에 안도감이 밀려드는 건 어쩔 수 없었다.

"미안해."

"조금이라도 괜찮아졌으면 됐어."

약을 먹고 멤버들과 스태프들에게 둘러싸인 채 온갖 케어를 받다가 비행기에 오르고서야 겨우 수면제를 받을 수 있었다.

"형, 배는 안 고파요?"

"어, 괜찮아. 먹고 가는 게 더 불편해."

"숨은 좀 편해요?"

"응."

바로 내 옆 좌석에 앉아서 걱정스럽게 이것저것 물어보는 윤찬이에게 안심할 수 있도록 착실히 대답해 준 나는 쏟아지는 졸음에 눈꺼풀을 감았다.

"형, 조금 있다 봐요. 잘자요."

그 와중에도 참 자상한 아이라고 생각했던 기억이 난다.

잠에서 깨어났을 땐 이미 비행이 끝난 뒤였다.

미국과는 달리 한국엔 수많은 고리들이 모여 우릴 기다리고 있었다.

그 공연장 못지않은 현장의 열기에 나도 나지만 멤버들도 참 많이 당황하고 기겁한 모습이었다.

그러나 우습게도 난 그때까지 잠에 취해 있었고 누군가가 건네준—나중에 보니 고유준의 것이었다— 이어폰을 내 휴대폰에 꽂은 채 노래를 들으며 1차 방어.

누군가가 건네준 품이 큰 후드 집업 모자를 푹 쓴 채 고개를 팍 숙이고—나중에 보니 진성이의 것이었다— 멤버들에게 연행되듯 현장을 빠져나왔다.

미국에 막 도착했을 때도 이런 식이었는데 잠에 취하면 역시 어느 정도 공포가 사라지는 모양이다.

차를 타고 숙소로 돌아가는 길 부모님께 먼저 한국에 돌아왔다고 메시지를 보내고 다시 잠이 들었다.

한국에 돌아온 첫날은 멤버들도 함께 꼬박 잠으로 하루를 보냈고 다음 날은 고생했다고 휴식을 받았다.

대낮의 숙소.

하루 종일 유유자적하게 보내는 만큼 멤버들은 제각각 본가로 향했고 저녁에나 돌아온다고 했다.

숙소엔 나와 고유준뿐이었고 우린 딱히 할 일도 없어 숙소 내를 휘적이고 있었다.

연습생 시절엔 이럴 때 둘이서 같이 우리 집에 가곤 했었는데, 오늘은 내 사정도 사정이고 무엇보다 부모님이 몹시 바쁜 날인지라 가고 싶어도 못 가는 상황이다.

그런고로.

"요즘 물풍선 게임 모바일로 나왔더라. 알고 있냐?"

"몰랐는데 모바일로 나왔어?"

"깔아. 하자."

고유준이 소파에 뒀던 내 폰을 나에게 건네며 말했다.

어차피 할 일도 없어서 난 별말 없이 모바일 물풍선 게임을 깔았고 소파에 나란히 앉은 채 플레이를 시작했다.

"살짝 불편하다, UI가."

"이동할 때 지맘대로 움직이더라?"

"……."

"……아오, 서현우. 불편하다며. 잘하지 마라."

고유준의 말을 끝으로 우리는 한참 대화 없이 게임만 했다.

한두 세판 이어 갔을까, 어쩐 일로 계속 지면서도 짜증 한 번 안 내던 고유준이 차분한 목소리로 물었다.

"너 미국에서 쓰러졌던 날 있잖아."

"어."

"그거 예전에 조명 사고 났던 거 때문에 그런 거냐?"

"그거 나중에 술 한잔하면서 물으려던 거 아니었어?"

"아."

고유준은 당황한 듯 잠시 말이 없었다. 게임 속 캐릭터도 잠시 멈췄다가 내가 추격을 시작하자 다시 움직이기 시작했다.

"술은 상관없어. 그냥 둘이 있을 때 물어보려고 했지."

왜 한참 조용하게 게임만 하나 했더니 저거 물으려고 그랬었구나.

사회생활은 나보다 잘하는 놈이 의외로 걱정하는 티는 곧잘 내곤 했다.

"맞아. 확신은 없는데."

난 말을 피하고자 나란히 앉았던 몸을 돌려 고유준을 등졌다.

게임 속 고유준의 캐릭터가 또 멈추길래 화난 건 아니라는 뜻으로 자연스레 몸을 기댔다.

징그럽게 붙어 다니던 연습생 시절 시그니처 자세라고나 할까.

다른 멤버들도 그렇지만 최근 유독 고유준의 걱정을 참 많이 듣고 보는 것 같다.

아예 하루 온종일 고유준의 걱정과 답답한 시선을 받고 있으면 문득 궁금해지기도 한다.

과연 과거로 돌아오기 전의 너는 내가 이럴 때 어떤 기분이었는지.

자괴감만 느껴질 것 같아서 한번도 듣거나 보려 한 적 없었으니.

"야."

"뭐, 못한다고 하면 죽는다. 아직 익숙하지 않을 뿐이거든."

난 일부러 '밥 먹었냐.' 정도의 톤으로 차분하고 무기력하게, 별것 아니란 듯이 물어봤다.

"그게 아니고 너, 만약에 내가 갑자기 다치거나 죽거나 하면 어떤 기분일 거 같아?"

"뭔 소리야. 못살지."

……이런. 너무 별것 아닌 것처럼 물어서 고유준도 별것 아닌 것처럼 대답했다.

"아니 진지하게 생각을 해 달라고."

"진지하게 대답한 거거든. 못살지. 했잖아."

"네가 내 친구냐, 진짜? 좀 진지하게-."

"이 미친놈아, 그걸 왜 물어봐?"

고유준이 내 손의 휴대폰을 뺏었다.

고유준의 몸이 움직이는 바람에 어깨에 걸쳐져 있던 내 머리가 스르륵 떨어졌다.

"왜 하다 뺏어?"

"진지하게 대답했다고. 너 갑자기 없어지면 어떻게 버티냐? 아까부터 너 보면서 진지하게 말하고 있는데 혼자 블록

없애면서 진지하게 안 들은 건 너구만?"

"……아, 그랬어?"

화가 났는지 충격을 받았는지 아까의 평화로운 얼굴은 어디로 가고 시뻘게진 모습으로 왜 그런 소리를 하냐 나에게 되물었다.

"아이 씨, 그냥 물어봤다니까?"

"이거 주한 형한테 말하면 분명 나랑 같은 반응이다, 새끼야. 윤찬이랑 성이한테 말하잖아? 울었다, 걔들은."

아무래도 진지하지 않았던 건 나인 모양이다.

최근 이런저런 일들이 있었고 정신적으로 신체적으로 하도 불안한 모습을 많이 보였으니 내 말이 고유준에게 더 강하게 와닿았을 수도 있었는데.

"혹시나 해서 말하는데 나 죽을 생각 전혀 없어. 그런 거 아니다."

"아이 씨."

"왜, 이씨."

"씨이……브-."

"욕하냐 지금?"

"아니, 너 힘들고 그러면 말해라. 내가 친구인데, 아니 너 친구 나밖에 없잖아."

어쩌라고. 여기서 친구 없는 이야기가 왜 나오는데?

난 어이없어 일어나며 씨익거리는 고유준을 토닥였다.

"알아, 네 마음. 안다고."

사실은 방금 알았다. 지금의 고유준의 마음도, 당시의 어린 고유준의 생각도.

그래도 난 지금이나 그때나 완전 혼자는 아니었구나 싶다.

이야기를 꺼낸 것만으로도 이런 반응을 보내는데 그때의 이 녀석도 분명 많이 걱정하고 힘들어했을 테지.

……미안해지네.

"고맙다. 미안, 이상한 말 꺼내서. 무슨 일 있으면 너한테 꼭 말할게. 나 작업하러 간다."

상황이 더 부담스럽게 흘러가기 전에 난 대화를 중단하고 OST 작업을 위해 주한 형의 방으로 향했다.

Chapter 13.
정규 1집 (1)

YMM엔터테인먼트 회의실.

하루의 휴식 후에도 미국 장기 출장으로 인한 피로가 아직 풀리지 않았지만 우린 일을 해야 했다.

성장세가 좋은 그룹의 정규 1집 앨범 준비는 이전부터 차근차근 이루어져 왔었고 이제 그 결과물을 내 귀, 내 눈으로 직접 들을 때였다.

"타이틀곡 이름은 〈환상령〉. 정숙하고 어두운 분위기의 곡이다. 일단 한번 들어 봐."

"네."

김 실장님이 손짓하자 해리 누나가 음악을 틀어 주었다.

'……'

난 곡을 듣자마자 느꼈다.

이건 〈즐거울 락〉과 같은 대중 타깃의 노래는 아니다.

대신 아이돌 좀 좋아해 봤다 혹은 아이돌에게 관심이 있다 하는 사람들이 좋아할 만한 컨셉곡이었다.

〈즐거울 락〉, 〈블루 룸 파티〉보단 〈크로노스〉, 〈퍼레이드〉 쪽.

하지만 지금까지 우리가 받았던 어떤 곡보다 내 취향이었으며 굉장히 마음에 들었다.

"이걸로 정해진 거예요?"

"응. 너희 없는 사이에 정해서 미안."

"아이, 아니요 아니요."

지금까지와는 달리 주한 형의 곡을 후보에 올리지 않을 때부터 이번 앨범은 우리 의견보다는 회사가 알아서 결정하겠구나 생각하고 있었다.

크로노스의 정규 1집은 우리만 중요한 게 아니고 YMM에게도 매우 중요한 시기에 내는 앨범일 테니까.

"여기가 댄스 파트…… 여기서 현우가 고음으로 탁 치고 가고."

"오오."

김 실장님은 곡의 흐름을 타며 각 파트의 포인트에 대해서 설명해 주셨다.

"안무 컨셉도 이미 반쯤 정해 뒀는데 일단 파트가 안정해져서."

"근데 실장님, 그럼 이 곡도 그거예요? 크로노스 세계관."

진성이가 묻자 김 실장님은 말을 멈추고 활짝 웃으며 고개를 끄덕였다.

"그래, 너희 첫 번째 이야기의 하이라이트 부분이다."

"……이 세계관이 전부가 아니에요?"

"진성아, 하나의 이야기만 쓰면 컨셉을 다양하게 시도할 수 없잖아? 이번 타이틀이 하이라이트, 후속곡이 에필로그야."

"오오, 이거 기승전결이 확실한 컨셉인 줄 몰랐네."

"말 나온 김에 대리님, 애들한테 이번 이야기 설명 좀 해 주세요."

"이야기? 아아, 네. 뮤비 말씀하시는 거죠?"

우리의 스토리를 담당해 주시는 작가님—우린 대리님이라고 부르고 있다—께서 이번 앨범의 전체적인 스토리를 알려 주었다.

"지금까지 몇 차례 스토리를 진행하면서 그때그때마다 주인공이 바뀌었거든. 지난 〈즐거울 락〉에서는 주한이가 주인공이었고, 〈퍼레이드〉에선 진성이가 주인공이었고."

"어, 제가 〈즐거울 락〉 주인공이었어요?"

주한 형의 말에 김 실장님이 헛웃음을 쳤다.

"분명 내가 말해 줬었거든?"

고유준도 어이없어하며 툭 내뱉었다.

"형은 뮤비에서 본인 분량이 얼마나 많았는지도 몰랐을걸요. 그렇지? 미스터 주한…… 아악!"

"열받네."

주한 형은 고유준의 등짝을 때리며 조용히 하라고 다그쳤다.

"아무튼 이번 정규 1집 타이틀 스토리의 주인공은 현우 씨예요."

"오오, 드디어 현우 형의 비밀이 풀리는 거야?"

진성이가 의자에서 엉덩이를 들썩이며 말했다.

내가 주인공? 지난번 뮤비 내용에 고유준에 대한 떡밥이 굉장히 뿌려져 있었던 터라 다음 주인공은 고유준이 아닐까 했었다.

하이라이트로 생각보다 빨리 스토리가 진행되는 만큼 벌써 '나'라는 존재에 대해서 밝혀지는 모양이었다.

"대략 현우 씨의 비밀이 밝혀질 거고, 지난 앨범까지 비교적 판타지 세계의 멤버들이 주목되었다면 이번엔 현대 세계를 맡았던 멤버들 중심으로 이야기가 돌아갈 거예요."

작가님은 이번 내용에 대해 구체적으로 설명해 주었다.

우리도 지금까지 스토리에 대해선 잘 몰랐고 대충 이런 내용이겠거니 뮤비 스토리보드로 예상할 뿐이었으니, 대리님이 말씀하시는 생각보다 자세한 스토리와 나름의 반전에 모두 놀란 토끼 눈이 되었다.

"아무튼 요렇게만 알고 있어 주세요."

대리님의 말이 끝나자 김 실장님이 말을 이었다.

"뮤비의 콘티도 이 이야기를 기반으로 짜이고 있고 안무도 여기에 맞춰서 짤 거야. 그렇다고 너무 세계관에 맞춰서 짜지는 않을 거고 적당히 너희가 좋아할 만한 안무로 준비될 거니까 걱정 말고."

"네!"

"안무 어디까지 완성됐어요?"

내가 묻자 김 실장님이 잘은 모른다며 고개를 저었다.

"대형 빼고 드문드문, 일단 파트가 정해져야 완성이 돼. 너네, 아, 그래, 파트. 녹음 들어가기 전에 도 PD님이랑 상의해서 파트 정해 놓고."

"저기 실장님."

진성이가 눈치를 보며 손을 들었다.

"어, 진성이 말해."

"저요, 생각을 깊이 해 봤는데요. 이번 곡에선 아예 랩만 해 보면 안 될까요?"

"랩만?"

"네."

진성이는 소심하게 주저하며 말을 했지만 랩만 해 보고 싶다는 말만은 한참 전부터 생각하고 있었는지 의지가 굳건했다.

"갑자기? 주한아, 얘 랩에 욕심 있었나?"

"아, 요즘 진성이가 김진욱 씨한테 빠져 가지고."

"아아."

"아, 형!"

주한 형이 낄낄 웃었다.

요즘 진성이의 김진욱 사랑이 커지고 있다.

〈원스 어겐〉 때부터였나 예전부터 김진욱 랩이 멋있다며 결국 번호까지 따더니 이젠 김진욱을 따라 래퍼로 전향하고 싶은 모양이었다.

진성이는 주한 형과 고유준, 김 실장님께 놀림당하다 입을 툭 내밀고 날 바라보았다.

"현우 형은 좋겠다, 진욱 형이랑 짱친이라서."

"아⋯⋯."

짱친 웃기고 있네, 진짜.

세상에 이렇게 교류 없는 짱친이 어디 있냐?

지금 내 상황에 짱친은 고유준뿐이다, 인마.

"진욱 형 짱친 자리 넘겨줄 테니까 네가 할래, 진성아?"

"진짜? 아냐⋯⋯ 나 부담스러워하면 어떡해?"

환장하겠네. 저 입덕 한 얼굴 어쩔 건데.

난 고개를 저으며 진성이에게서 시선을 돌렸다.

김 실장님은 호쾌하게 웃으며 수첩을 넘겼다.

"그럼 컨셉 이야기는 여기까지 하고 너희 활동 방향에 대해서 말 좀 해 보자. 우리 지난 〈즐거울 락〉에선 개인 활동에 중점을 많이 뒀었지?"

"네."

"그래도 그때 뿌렸던 씨앗들이 죽지 않고 열매를 맺었다. 윤찬아."

"네?"

"윤찬이 드라마 배역 오디션 잡아 뒀다."

"……예에?"

"연기하고 싶어 했다며. 수환 실장님한테 들었는데 아니야?"

"아니, 하고 싶기는 한데…… 지금은 팀 활동에 전념하려고……."

윤찬이는 멤버들 눈치를 보며 조곤조곤하게 말했다.

그러자 실장님이 고개를 저으며 미소 지었다.

"팀 활동에 전념하는 건 좋은데 다른 멤버들은 이미 개인 예능도 나가고 인지도가 조금씩 오르고 있는 참이거든? 유준이도 곧 OST 나올 거고. 윤찬이도 뭐 하나는 해 줘야지 하는 생각에 한번 잡아 봤어."

이건 거부하고 말고 할 것이 아니다.

이미 잡힌 스케줄이고 윤찬이는 수동적으로나마 응해야 하는 상황이었다.

윤찬이 연기 스케줄을 차라리 이렇게 잡는 편이 나았다.

윤찬이는 연기하면 팀에 지장 있을까 봐 우리가 진짜로 주한 형의 곡으로 빌보드에 갈 정도의 가수가 되지 않는 이상 먼저 하겠다는 말을 꺼내지 않을 테니까.

"윤찬이 잘됐네."

내가 먼저 말을 꺼내자 다른 멤버들도 나서서 윤찬이를 독려해 주었다.

윤찬이는 그제야 미소를 지으며 수환 형에게 조용히 중얼거렸다.

"형, 감사합니다."

"별말씀을요."

"아이고~ 훈훈허다~."

김 실장님은 자신의 나이보다 더 윗세대의 말투를 따라 하며 수첩을 한 장 더 넘겼다.

"그리고 주한이랑 현우, 곡은 어떻게 되고 있어?"

실장님이 묻자 주한 형이 대답했다.

"전 이미 완성했어요. 오늘 숙소 돌아가면 보내겠습니다."

"현우는?"

"아, 저는."

난 아직 완성 못 했다.

어제까지 주한 형의 방과 도 PD님의 작업실을 들락거리며 열심히 작업은 했는데 처음 하는 작업이다 보니 속도가 더뎠다.

"아직이요. 한 일주일만 기다려 주세요."

"조금 더 당길 수 있어? 도 PD님한테 부탁해 둘까, 너 도와 달라고?"

"아, 아닙니다. 거의 완성 직전이라. 최대한 당겨 볼게요."

"제가 도울게요. 3일 정도 걸립니다."

주한 형이 내 어깨에 손을 올리며 말했다.

"그럼 알겠다. 주한이도 있고 또 도 PD님도 계시니 잘 완성해서 오겠지."

"기다리시게 해서 죄송합니다."

"현우는 처음이니까 너무 쫓기듯이 하지는 말고 마음 편히 먹고 천천히 해."

"네, 실장님."

"그럼 여기까지 할까?"

쉴 새 없이 넘어가던 실장님의 수첩이 드디어 닫혔다.

"파트 분배 빨리 끝내고 최대한 일정이 딜레이되지 않도록 하세요. 수환 씨, 방송국에 일정 미리 말씀해 주시고 단체 예능 하나 잡을 수 있을까?"

"네."

"어어, 부탁해요. 그럼 해산!"

정규 1집에 대한 첫 번째 회의가 마무리되었다.

회의가 마무리된 이후 멤버들은 곧바로 숙소로 돌아와 각자의 침대에 뻗었다.

아직 피로가 안 풀렸고, 잠도 애매하게 깬 채로 회의실에 끌려가 회의를 진행한 터라 많이 졸렸던 모양이다.

정작 잠이 제일 많은 내가 작곡 딜레이 걱정에 졸음이 달아난 상태이므로 주한 형에게 양해를 구한 뒤 주한 형의 방에서 작업을 시작했다.

그렇게 한 5시간 정도, 정말 미친놈처럼 방에 틀어박혀 곡을 만지고 오늘의 집중력으론 도저히 끝낼 수 없다는 판단에 프로그램을 닫아 버렸다.

그리고 작업에서 나온 곡 세 개를 주한 형과 김진욱에게 보냈다.

첨부 파일

형님.MP4

세버전중에뭐가좋아요.MP4

드시고싶은건없으십니까.MP4

주한 형은 도 PD님과 미팅 중일 테고, 김진욱은 새벽에 작업하는 편이니 자고 있으려나.

띠링!

……했더니 바로 답장이 왔다.

첨부파일
(드시고싶은건없으십니까.MP4)
내용 : 커피

김진욱이 보기엔 마지막 파일이 제일 괜찮았던 모양이다.

–고마워요.
(커피 기프티콘.JPG)

난 답장을 보내고 주한 형의 방에서 나와 침대로 향했다.
"어으…… 어으…….."
앓는 소리가 절로 나왔다.
도중부터 얼마나 잠이 오는지.
난 거의 기다시피 침대로 올라가 엎드려 누웠다.
그리고 그대로 자려 했다.
그런데.
"……응?"
난 베개에 얼굴을 묻은 채 킁킁거리며 냄새를 맡았다.

뭐지?

베개에서 묘하게 모르는 향이 났다.

섬유유연제 냄새는 아니고 확실한 향수 냄새.

그러나 우리 멤버들이 쓰는 향과는 다른.

'여자 향수 냄새…….'

순간 이상한 마음에 일어나 베개를 바라보았다.

별것 없는 면을 쓸고 괜히 머리맡 근처를 살펴보고, 그러던 도중 눈에 들어오는 무언가.

"머리카락……."

근데 좀 긴, 아니 좀 많이 긴, 갈색 머리카락?

"……."

상황 파악을 하기까지 얼마나 오랜 시간이 걸렸을까.

순간 입 밖으로 소리도 못 지를 만큼 오스스 온몸에 소름이 돋아 왔다.

이런 머리카락이 멤버들에게서 나올 리 없잖아.

내 베개에서 여자의 것으로 추정되는 긴 머리카락이 붙어 있다.

우리가 없는 사이 이 집, 이 방, 내 침대에 누군가가 몰래 침입했다는 이야기였다.

누구의 것인지 알 수 없는 머리카락을 손에 쥔 채 꽤 오랜 시간을 굳어 있었다.

그러다 일어나 머리카락을 협탁에 두고 고유준이 자고 있는 침대로 향했다.

"유준, 잠시만."

"……어……."

"잠시만 머리 좀 치워 봐."

고유준의 베개 끝을 끌어 냄새를 맡자 역시나 내 베개에서 옅게 나는 향수 냄새와 똑같은 냄새가 났다.

"허?"

그때부터 난 방 안을 구석구석 뒤져 보기 시작했다.

아이돌이 아닌 제3자로서의 시간이 길었기 때문에 오히려 이 상황을 객관적으로 받아들일 수 있었다.

'난 아니겠지.'가 아니라 '우리도 그럴 수 있겠구나.'.

'우리에게도 사생이 있을 수 있으며 집에 침입할 수 있겠구나.' 하고.

경비 빵빵한 고급 아파트에서 사는 아이돌들에 비해 우리가 사는 곳은 이사 와 봤자 첫 숙소보다 조금 넓어지고 햇살이 잘 들어오게 된 것에 불과한, 회사에서 가까운 숙소일 뿐이었다.

경비? 굉장히 허술하다.

조만간 더 좋은 곳으로 보내 주겠다고는 했지만 아직은 얼마든지 누군가 침입할 수 있는 상황이란 말이었다.

방 안의 이 서랍, 저 서랍, 팬들에게서 받았던 선물 등을 전부 뒤적이며 혹시나 있을 사생의 흔적을 찾고 있을 때.

"……이게 뭐야?"

내 서랍에 원래 있던 물건은 사라지고—훔쳐 간 모양이다
— 사진 두 장과 포스트잇이 들어 있었다.

"……."

와, 무서워.

나 혼자 스릴러 영화라도 찍고 있는 기분이었다.

사진은 합성된 폴라로이드 사진으로, 언제 찍었는지 모르
겠는 나와 모르는 여자가 마치 커플처럼 다정한 포즈로 함께
찍혀 있었다.

명암 차이 등으로 합성인 게 티는 나지만 자칫 오해받을
수도 있는 사진.

그리고 두 번째 사진은.

"미친."

두 번째는 나와 고유준의 사진이었다. 이 또한 합성이었는
데, 이건 불쾌함에 욕이 튀어나올 정도로 노골적인 수위의
사진이었다.

팬들 사이에 흔히 '알페스'라고 하는 유의 그런.

"찾아보지도 않았는데 이걸 기어코 두 눈으로 보게 만드네."

대충 그룹 내 누구와 누구를 많이 엮는지 알고는 있었지만
다 티가 나도 일부러 꾸역꾸역 외면하고 있던 거였는데.

포스트잇에는.

오빠, 나랑 유준 오빠 중에 누가 좋아? 나는 오빠도 좋아하
고 YooHyeon 사랑해♥♥♥♥♥

라고 적혀 있었다.

"……하아."

급격하게 혈압이 오르는 느낌을 받으며 일단 이것들을 머
리카락과 함께 침대에 두고 혹시나 하고 다시 방을 뒤졌다.

이 방에 카메라가 설치되어 있을지도 모른다는 생각 때문
이었다.

하지만 요즘 카메라가 얼마나 작아졌던가. 내 눈으로 전부
를 확인하기엔 한계가 있었다.

뒤지는 곳이 많아질수록 한숨은 더욱 자주 나왔다.

난 숙소 내를 전부 둘러본 후 수환 형에게 연락을 넣고 멤
버들을 깨웠다.

우리의 선배인 알뤼르 형들은 한참 사생 문제로 곤혹을 겪
었던 적이 있다.

최근에도 투어 내내 따라붙는 사생이 있다고는 들었지만
이제 막 히트곡이 터지고 인지도가 급격하게 늘었을 무렵엔
정말 심각했다고 했다.

숙소에 찾아오는 건 물론 화장실에 몰래 들어와 촬영을 시도하고 비행기 옆자리 티켓을 끊거나 개인 휴대폰으로 문자와 전화를 보내는 등.

세연 형은 그때 무리한 스케줄 등으로 실신까지 했던 때라 진심으로 관두려고 고민하기도 했었다.

그런고로 이미 한번 호되게 당한 적 있던 YMM 크로노스 팀 스태프들은 '숙소에 누군가 들어왔던 것 같아요.'라는 내 말에 기겁하며 우르르 숙소로 모여들었다.

"이게 무슨 일이야······."

김 실장님은 익숙하다는 듯 업체를 따로 불러 숙소 전체에 숨겨 놓은 몰래카메라를 찾아냈고 멤버들의 휴대폰과 소지품 등을 확인했다.

업체에서 찾아낸 몰래카메라는 각 방마다 한 대씩, 주한 형의 컴퓨터에 손을 대거나 윤찬이의 물건을 훔쳐 간 것도 발견되었다.

갑작스러운 상황에 비몽사몽한 채 지켜보던 멤버들은 제 방에서 나오는 카메라와 누군가의 흔적에 갈수록 사색이 되어 갔다.

"나 여기 있기 싫어······."

진성이가 불안한 표정으로 말하며 윤찬이의 어깨에 달라붙었다.

김 실장님과 스태프들, 주한 형이 잠시 숙소를 나서서 업체와 대화를 나누는 사이 수환 형과 우리 멤버들은 거실에 둥글게 모여 앉아 걱정 가득한 이야기를 나누기 시작했다.

"진짜 화난다. 이게 뭐야."

고유준은 오만상 인상을 찌푸린 채 나와 자신의 합성 사진을 쳐다보다 덮어 버렸다.

차마 1초 이상 보기 힘든 꼬라지라.

"아, 그러고 보니."

윤찬이의 목소리에 모두의 시선이 쏠렸다.

"얼마 전에 진성이랑 둘이 큐앱 라이브 했었는데요."

"어, 했었지."

〈비갠 뒤 어게인〉 촬영이 끝나고 한국으로 돌아온 직후 윤찬이와 진성이가 대표로 라이브를 진행했었다.

한참 작업 중이라 보지는 못했지만.

"그때 라이브 다 끝난 뒤에 휴대폰을 확인하는데 부재중이 여러 통 와 있더라고요."

"그거 수환 형한테 말했어?"

"아니요. 그냥 스팸인가 보다 하고……. 근데 이제 생각해 보니 연관이 있을지도 모르겠어요."

아이돌이 아닌 제3자로 있던 시간이 길수록 객관적인 상황 판단이 빨라진다.

라이브 도중 여러 통의 전화가 온 것은 아마 사생 본인이 알아낸 번호가 확실히 윤찬이의 것인지 확인해 보기 위해서 일 터.

윤찬이가 휴대폰을 다른 곳에 둬서 다행이지, 만약 라이브하는 동안 사생의 전화에 윤찬이의 휴대폰이 울렸거나 윤찬이의 시선이 한 번이라도 휴대폰으로 향했다면?

그때부터 꾸준히 윤찬이에게 전화나 메시지가 올 것이고 윤찬이의 번호는 사생들 사이에서 사고팔리게 되었을 것이다.

알뤼르 형들의 고통도, 과거 제자들이 사생으로 얼마나 힘들어했었는지도 익히 알고 있던 나와는 달리 윤찬이는 이런 일이 처음이다 보니 설마 자신에게 이런 일이 있을까 하며 넘겨 버린 모양이었다.

"윤찬 씨, 그 번호 아직 남아 있으면 알려 주세요. 한번 알아보겠습니다."

"아! 네! 있을 거예요."

수환 형의 말에 윤찬이가 후다닥 방으로 들어가 자신의 휴대폰을 찾아왔다.

"흠, 근데 이거. 서현우, 이 글자 좀 어색하지 않냐?"

"어?"

"글자 생김새도 그렇고 이 부분만 영어로 써 있는 것도 그렇고."

"……그렇네."

오빠, 나랑 유준 오빠 중에 누가 좋아? 나는 오빠도 좋아하고 YooHyeon 사랑해♥♥♥♥♥

뭔가 글자를 '썼다'라는 표현보단 '그렸다'라는 표현이 어울릴 것 같은 모양새.

'YooHyeon'만 쓸데없이 영어로 된 것.

어째 좀 어색한 것 같은 문장 구성.

"외국에서 온 애인가."

"유준 씨, 포스트잇 잠시 보여 주시겠습니까?"

우리의 대화를 듣고 있던 수환 형이 포스트잇을 넘겨 보더니 눈을 굴리다 심각한 표정으로 숙소를 나섰다.

"뭐야, 갑자기 왜 놀라시지?"

"헐…… 형들 이것 봐."

진성이가 내 앞으로 휴대폰을 내밀었다.

파랑새에 올라온 무명의 글이었다.

거래 @jdbdnixe94dscv635 · 1일
정보 판매합니다
교환x 판매o
open.qaqao.com/o/qjawhlek
#사생 #정보판매 #ㅋㄹㄴㅅ #ㅎㅇㅌㅅ #ㅇㄹㄹ

크로노스 신숙소+내부사진
크로노스 고유준 num(75)+qqt

크로노스 서현우 qqt
크로노스 강주한 num(28)+qqt
크로노스 이진성 qqt
크로노스 박윤찬 qqt
크로노스 서현우 누나 별스타
하이텐션 우지혁 num+qqt
알뤼르 김다윈 현여친 별스타

*num=전화번호, qqt=파파오톡
75=고유준 번호 끝자리
28=강주한 번호 끝자리

"……."

다들 말이 없어졌다.

일명 정보 판매라는 글은 이번에 올라간 글 이외에도 많았는데 우리 정보는 물론 우리와 교류가 있었던 많은 그룹들의 사적인 정보들이 당연하게 올라가 판매되고 있었다.

"여기 이건 뭐냐? num, kkt 이거."

"나도 몰라. 알겠냐, 지들만의 용어인데? 근데 75 저건 네 번호 끝자리인 거 같은데."

입술이 바짝 타들어 갔다. 내 정보는 일단 그렇다 치고 우리 누나 별스타는 왜?

누나가 실제로 별스타를 하고 있으니 그냥 무시하기에도 뭣한데.

"너희 무슨 대화 중이었어?"

그때 우리 스태프들이랑 대화를 나누던 주한 형이 수환 형과 함께 돌아왔다.

우린 대화를 멈추고 불안한 얼굴로 두 사람을 바라보았다.

주환 형은 전에 없던 심각한 표정으로 말했다.

"우선 회사에서는 이 사람에 대해 어느 정도 파악하고 있는 것 같아."

"벌써?"

내 물음에 주한 형이 고개를 저었다.

"숙소에서 나온 것만으로는 아니고 우리 미국에 촬영하러 들어가 있는 동안 고리들 사이에서 사생 관련한 이슈가 있었대. 숙소 들어갈 거라고 공공연히 말했던 사람이 있었던 모양이야."

근데 YMM에서는 왜 우리한테 말 안 해 줬을까? 역시 YMM. 대처가 느리다.

아마 팬들 사이에 떠도는 이슈라고 넘겨 버렸거나 미국 촬영, 컴백 준비하는 우리를 배려한답시고 말 안 했던 것이겠지.

우리가 아무런 대답도 하지 않고 고개만 끄덕이자 주한 형에 이어 수환 형이 말했다.

"저흰 우선 이 사달의 범인을 해외 쪽 사생이라고 보고 있어요. 김 실장님께서 '하는 행동을 보니 어느 나라인지도 알겠다.'라고 하셨으니 곧 찾을 수 있을 겁니다. 대처는 어떻게 할지 또 회의를 거쳐야겠지만 죄송합니다. 조금만 기다려 주시겠습니까."

"······알겠어요. 형을 믿어요, 우린."

YMM은 믿지 않는다. 하지만 수환 형은 믿는다.

다른 회사나 YMM처럼 어중간하게 대처하지 않고 확실히 대처해 줄 것이라고.

그때 진성이가 자신의 휴대폰을 내밀었다.

"근데 수환 형, 그럼 이 사람도 같은 사람이에요?"

"네?"

아까 우리에게 보였던 정보 거래 글을 보인 듯했다.

수환 형은 진성이에게서 휴대폰을 넘겨받아 살피더니 인상을 팍 찌푸리고 곧 또 심각해졌다.

"······아니요. 같은 사람 같지는 않습니다, 이건."

해외 사생이라기엔 너무나 자연스러운 한국어에 서치 방지, 한국의 사생들을 대상으로 열린 오픈 대화방.

수환 형은 해당 계정에 들어가 쭉 스크롤을 내려 보며 말했다.

"숙소 주소는 어제 처음 거래로 올라왔고 주한 씨 번호는 한참 전부터 올라와 있었네요, 이슈되기 전부터······. 거의 처음 휴대폰 개통해 드렸던 때부터인데······."

그러자 주한 형이 고개를 갸웃거렸다.

"아는 사람 전화 외엔 받은 적도 없는데 어떻게 알았지?"

그건 우리도 마찬가지였다.

주한 형뿐만 아니라 우리 모두 회사 사람들과 가족, 지인, 멤버들 이외의 전화와 문자는 받지 않았다.

그런데도 버젓이 확신에 차선 정보를 팔고 있는 것이었다.

고유준 번호를 적어 둔 것으로 보이는 75는 정말 고유준의 번호 끝자리였고, 28은 정말 주한 형 번호의 끝자리이며 우리 누나는 별스타를 한다.

그러니 단순히 거짓 판매라고 넘길 수도 없었다.

그리고 멤버들의 대화를 들으며, 거래 글을 보며 조금씩 의심이 들기 시작했다.

"혹시……."

내가 조심스럽게 입을 열자 수환 형과 멤버들의 시선이 부담스러우리만치 쏟아졌다.

"주한 형의 휴대폰이 개통된 직후부터 번호가 돌아다녔다면요? 우리 팀 스태프들도 의심해 봐야 하지 않을까요?"

"……에이, 형. 그건……."

진성이가 말하려다 주한 형의 눈짓에 입을 닫았다.

난 계속 말을 이었다.

"숙소 주소도 옮기자마자 바로 알았고. 가리지 말고 의심해 봐야 할 것 같아요. 최근에 크로노스 팀 인원이 늘어났으니까."

왜 같은 편을 의심하려 하냐고?

나도 의심하고 싶지 않았다. 하지만 트레이너 시절에 꽤 많이 봤었는걸.

많은 아이돌들의 개인 정보가 일부 스태프들에 의해 유출되는 것을.

"쓸데없는 의심이면 죄송하지만 그래도 한번 확인해 주세요, 이런 경우 의외로 많다고 들어서."

"아니요. 현우 씨 말대로입니다. 최근 크로노스 팀 스태프 증원도 있었고 그 많은 사람들 중에 결백하지 않은 사람이 한 명도 없다고는 확신할 수 없으니까요."

조용해진 거실, 수환 형은 머리카락과 사진, 포스트잇을 모두 봉투에 넣고 일어났다.

"일단 카메라는 전부 뗐으니 안심하고 쉬셔도 됩니다. 오늘 부른 업체는 알뤼르분들도 투어 때마다 부를 만큼 믿을 만한 곳이니까요."

"그래도 어떻게 안심하고 쉬어요……."

"저희 연습실 가서 자면 안 될까요?"

막내들의 방에서도 카메라가 나온 터라 윤찬이와 진성이가 매우 불안한 듯 수환 형을 붙잡고 놓아주지 않았다.

수환 형은 난감한 표정을 하다 곧 비장하게 말했다.

"조만간 숙소 더 좋은 곳으로 옮기겠습니다. 경비 잘되는 곳으로요."

"지금은……."

"죄송합니다. 저희가 대처를 잘못했으니 불안한 거 알고 있습니다. 다만 지금의 숙소는 정말 안전하니 믿어 주세요. 당분간은 여러분이 숙소를 비워도 스태프들이 돌아가며 이곳에 있을 예정입니다."

"네, 알겠어요. 진성아, 윤찬아, 아까 화장실 변기 밑까지 다 뒤지고 카메라 있는지 없는지 다 검사해서 지금은 진짜 괜찮아."

주한 형이 두 사람을 토닥이며 수환 형에게 눈짓했다.

"형은 이제 가 보셔도 돼요. 애들은 저랑 현우가 챙길게요. 형 바쁘잖아."

"아, 네. 그럼 부탁드릴게요. 일 있으면 꼭 전화 주세요."

주한 형이 고개를 끄덕이자 수환 형은 영 신경 쓰이는 얼굴을 한 채 숙소를 나섰다.

"너희 그렇게 무서우면 오늘 이 형아들이랑 다 같이 거실에서 잘까?"

"다 같이? 어!"

"좁아서 다섯 명 모두 누울 수 있을까요?"

"이 정도야 뭐. 우리 연습생 때는 늘 이런 곳에서 겹쳐 잤었잖아. 괜찮아 괜찮아."

아직 방에 들어가지 못하고 오들오들 떨고 있는 토끼 두 마리와 고유준의 목소리가 들려왔다.

윤찬이와 진성이를 위해 고유준이 붙어 걱정을 덜어 주고 있었다.

의외로 난 벌써 진정이 되었는데 주한 형은 이 사달을 제일 먼저 발견했던 날 걱정했는지 아예 다른 곳에 집중하라며 작업 장비를 빌려주었다.

덕분에 난 주한 형의 방을 통째로 빌려 온종일 작업에 집중할 수 있었다.

일명 분노의 작업이라고 해야 하나.

나는 화가 나면 일을 잘하는 편인 듯하다.

지난 작업 때 막혀 있던 부분이 순식간에 뚫리더니 일사천리로 작업을 완료했다.

심지어 꽤 마음에 들도록 나왔다.

물론 나 혼자 작업한 건 아니고 여러 명의 도움을 받아 나온 것이지만 내 이름을 작곡자로 올린 곡이 이렇게나 잘 나오면 기쁠 수밖에 없다.

들어도 들어도 마음에 들어서 줄곧 반복 재생으로 듣고 있었는데 누군가 방문을 두드렸다.

"형."

윤찬이가 문틈으로 빼꼼 얼굴을 내밀고 눈을 굴리며 내 눈치를 보고 있었다.

"어, 윤찬아. 무슨 일 있어?"

난 윤찬이에게 들어오라 손짓하곤 뒤쪽으로 밀어 두었던 의자를 끌어왔다.

"아니요. 일은 없는데 그냥……."

윤찬이가 방 안으로 완전히 몸을 들였다. 그 순간 방 안에 퍼지는 진한 커피향. 윤찬이는 슬쩍 책상에 내 몫의 커피를 올려 두고 의자에 앉았다.

"이프로는 다 떨어지고 없더라고요."

"나 마시라고 가져온 거야? 고마워. 잘 마실게."

내가 말하자 윤찬이는 어쩔 줄 몰라 하다 쑥스럽게 웃으며 고개를 저었다.

"아니요. 주한 형한테는 매일 해 주는 건데……."

아, 그러고 보니 예전 직접 쓰는 프로필에서 본 것도 같다, 새벽 작업하고 있으면 윤찬이가 매일 커피 타 주고 간다고.

"윤찬아."

"네?"

"너 정말 너무 착하다. 너무 고마워."

사생 일로 아까까지 오들오들 떨고 있었으면서 그 와중에 커피 타 주겠다고…….

그러자 윤찬이는 또 홍당무처럼 붉어져선 손을 내저었다.

"아니에요……. 자, 작업은 어떻게…… 잘돼요?"

"작업? 아, 마무리만 하면 되는데 한번 들어 볼래?"

"그래도 돼요?"

난 대답 대신 헤드셋을 넘겨주었다.

너에게 갈지도 모르는 노래니 잘 들어 두렴.

곡을 재생시키고 모니터 속 프로그램을 보는 척 윤찬이의 표정을 살폈다.

신중하게 곡을 듣던 윤찬이는 곡이 후반으로 향할수록 조금씩 미소를 짓기 시작하더니 곧 눈을 반짝이며 날 바라보았다.

"형, 형 이거 완전 좋아요! 곡 너무 좋은데 제가 표현력이 부족해서…‥. 근데 진짜 너무 좋아요!"

말로 하는 표현력은 부족할지언정 표정은 너무나 풍부해서, 윤찬이가 이 곡을 얼마나 좋게 생각하고 있는지 확실히 느껴졌다.

난 웃음을 감추지 않으며 윤찬이의 등을 두드렸다.

"고마워. 이대로 회사에 보내도 될 것 같아?"

"네! 정말로요. 진짜, 정말요."

윤찬이는 혹여나 제 좋은 감정을 조금이라도 못 표현할까 봐 온몸으로 '이 곡 매우 좋다'를 설명했다.

"……."

이 토끼 같은 놈.

그냥 윤찬이에게 줄까? 좀 트로피컬하게 바꿔서 선물할까 흔들렸지만 그럼 윤찬이도 미안해할 거고 지금까지 도와줬던 많은 사람들에게 면목이 없어질 것 같아 애써 충동을 잠재웠다.

"고마워."

윤찬이는 더 방해하지 않겠다며 방에서 나가 고유준과 진성이에게 돌아갔고 난 곡을 마무리한 뒤 도 PD님에게 보내며 OST 작업을 완료했다.

크로노스, 숙소 무단 침입 사생팬에 "선처 없다" 강경 대응 예고

팬이 아니라 그냥 사생이다.

YMM에서는 조용히 숙소 침입 사생에 대한 검찰 조사를 시작했고 이내 국적 등 몇 가지 정보를 받을 수 있었다.

확실히 말해서 이 사생은 해외에서 온 사람이 맞았고 우리가 대응할 수 있는 방법은 현저히 적었다.

차라리 그 사람을 처벌하는 것보다 우릴 보호하는 편이 더 빠르고 간단할 정도로.

YMM에서는 경고라도 하고자 크게 보도했고 큰 이슈가 되었지만 이상하게도 그와 동시에 폭발적으로 '발신 번호 표시 제한' 전화가 늘어났다.

멤버 다섯 모두에게 말이다.

아마 지난번 그 글로 정말 판매가 이루어진 모양이었다.

YMM 같은 중소 기획사는 물론 YU 같은 대형 기획사도 정보 팔이 사생의 수가 너무 많아 일정 부분 포기하고 가는 경우가 많고 그걸 사생들도 알다 보니 범죄는 끝없이 일어난다.

우리가 살고 있는 숙소엔 점점 민원이 들어오기 시작했다.

그나마 다행인 건 지난 알뤼르 사생 사건 때부터 단단히 열이 받아 있던 YMM인 터라 적어도 국내 정보 팔이 사생들은 잡겠다며 최근 열심히 움직이고 있다는 것이었다.

하이텐션 쪽은 거의 포기한 모양이던데 대형도 포기한 걸 우리 회사가 해 준다니, 아이러니하면서도 정말 고마운 일이었다.

이 일이 언제 해결될지는 모르겠지만 일단은, 일단 우린 수환 형의 말대로 한동안 YMM을 믿고 컴백에만 집중하기로 했다.

그리고 본격적으로 시작된 컴백 준비.

그리고 나의……

"현우야, 네 곡 말인데."

광탈은 순식간에 이루어졌다.

도 PD님은 내가 뾰로통하게 삐죽여도 아랑곳하지 않고 말을 이었다.

"OST 말고 그냥 앨범에 넣자. 어때?"

"아아…… 아아아!"

투정을 섞어 탄식하며 의자에서 미끄러져 널브러지듯 바닥에 드러누웠다.

딱 진성이가 떼쓸 때 이런 행동을 하는데 나도 지금 떼쓰고 싶은 심정이다.

그럴 줄 알았다.

주한 형 곡은 받자마자 방송국에 보내더니, 내 곡은 방송국에 보냈냐고 물을 때마다 '아직, 아직'이라며 딜레이 할 때부터 이상하다 생각했다.

"PD니임……."

"하하하, 현우, 미안하게 왜 그래?"

"PD님께서 저보고 해 보라고 하셨잖아요……. 해 보라고 하셨으면서어……."

"아니, 현우야. 생각보다 네가 곡을 잘 쓰더라고. 주한이 곡이랑 네 곡 둘 다 빛 보게 하려고 마음 쓴 거지."

기한에 맞게 작업한다고 얼마나 고생했는데!

도 PD님은 미안하다는 말과는 달리 전혀 미안한 기색은 없이 그냥 어린 아들이 떼쓰는 걸 보듯 껄껄 웃으며 날 바라보고 있었다.

"솔직히 OST 느낌 잘 낸 건 주한이라서. 네 곡도 좋은데 떨어질 거 확실한 데에 넣으면 그동안 활용도 못 하고 기다려야 한다니까."

"그래도 넣어 보고 싶었어요, PD님."

무슨 말인지는 안다.

어차피 나와 주한 형 곡 중에 뽑힐 거면 주한 형이 뽑힐 거고, 그럼 내 곡은 심사 기간 동안 한참 기다렸다가 떨어지기만 할 뿐이다.

그러니 심사 기간을 기다리기보단 아예 안 넣고 앨범에 넣자, 이 말인데. 물론 우리 앨범에 넣는 건 좋지.

하지만.

"그래도 심사는 넣어 주시지……."

서운하다. 도 PD님한테 서운하다.

배신감이 들었다.

도 PD님 원래 단호하고 계산적인 건 알고 있었지만 그래도.

"알았어. 미안해. 대신 너 이거 편곡하는 거 도와줄게. 주한이한테 듣기론 이거 떨어지면 트로피컬하게 바꿔서 윤찬이 준다 했다며."

"아아아! 그건 떨어지면이고요."

"일어나. 얼른, 대화 좀 하자. 애기야."

도 PD님은 드러누운 내 손을 잡아당겨 일으켜 세우려다 포기하곤 의자에 앉아 멋쩍은 웃음만 흘렸다.

"나 덩치가 있어서 너 일으키는 것도 힘들어, 인마. 일어나, 얼른. 바닥 더러워, 자식아."

"……알아요."

"쓰읍, 너 언제부터 내가 그렇게 편했냐? 원래는 말도 잘 못 붙이던 놈이. 얼른 일어나."

〈즐거울 락〉 때부터 편했는데요.

난 속으로 말대답하며 마지못해 몸을 일으켰다.

그러자 도 PD님은 한숨을 푹 쉬곤 프로그램에 내 곡을 열었다.

"대신 너 이거 음원 1위 만들어 준다. 오케이? 주한이가 맨날 말하는 저작권료, 너도 받아 봐. 윤찬이 솔로곡으로 내서 1위 하도록 도와줄게."

YMM의 기둥이자 대한민국 저작권료 TOP 5 내에 10년째 들고 있는 도 PD님은 내 생떼에 결국 백기를 들고 공짜로 편곡을 도와주겠다 나섰다.

"윤찬이 첫 솔로곡 프로듀싱 하는 거야, 인마. 영광인 줄 알아라. 아니 애초에 OST로 주기 싫을 만큼 곡을 잘 만들었다는 칭찬인데 왜 그렇게 싫대?"

결국 내 곡은 YMM의 계략에 넘어가 드라마 OST가 아닌 윤찬이의 솔로곡이 되었다.

Chapter 13.
정규 1집 (2)

컴백 준비 기간은 항상 빨리 흘러간다.

곧 〈비갠 뒤 어게인〉 첫방이 시작된다고 들었는데 우린 방송이 곧 시작된다는 소식도 이동 중에 듣고 까먹었을 정도로 바쁜 나날을 보냈다.

파트를 정하고, 녹음을 하고, 안무 연습을 했다.

컨셉 포토와 뮤직비디오 촬영이 얼마 남지 않아 그에 대한 미팅이 반복해서 이어지고 그 와중 도 PD님, 윤찬이와 함께 솔로곡 준비를 했다.

정신없이 흘러가던 나날이라 유독 일이 많은 날엔 '내가 뭘 했더라?' 하고 홀라당 기억이 날아갈 때도 있었다.

그렇게 하루하루 알차게 준비를 이어 가던 어느 날 드디어 그날이 왔다.

고유준이 OST를 녹음하는 날, 그리고 크로노스 너튜브 채널 콘텐츠로 내가 고유준의 일일 매니저가 되는 날이다.

"정말 괜찮아요?"

"네, 저 운전 진짜 괜찮게 해요. 너무 걱정 안 하셔도 되는데."

"현우 씨 운전하는 걸 본 적이 없어서요."

아직 촬영에 들어가기 전, 되도록 차가 없는 곳에서만 운전시키겠다고 촬영 팀에 일부 연출과 편집을 요구하려 하길래 나는 그럴 필요 없다는 것을 보여 주려 드라이브를 제안했다.

솔직히 난 운전에 굉장히 익숙한 사람이다.

수환 형의 눈엔 이제 막 면허 딴 스무 살 초보로 보일지 몰라도 몇 년 동안 연습생들 차로 집에 데려다주고 장시간 운전도 많이 해 본 무사고 드라이버.

자연스러워야 재밌을 콘텐츠에 연출과 편집까지 해 가며 안전한 곳에서 운전할 바엔 그냥 운전 교육을 매우 잘 받은 것으로 하고 실력껏 하는 게 낫다고 생각했다.

그렇게 동네 한 바퀴를 돈 결과 수환 형은 말없이 고개를 끄덕이며 처음부터 끝까지 나 혼자 운전하는 것을 허락해 주었다.

"이제 슬슬 촬영 시작해도 될까요?"

"네!"

우리가 차에서 내리자 촬영 팀 막내 스태프가 차 안 이곳 저곳에 카메라를 달아 주었다.

"유준 씨가 숙소에서 내려오면 태우고 녹음 현장까지 이동, 현장 사람들, 특히 감독님한테 제일 먼저 인사하고 녹음하는 동안 불편함 없도록 이것저것 챙겨 주세요."

"네."

"돌아오는 길에 식사하고 숙소 도착까지 해 주시면 일은 끝납니다."

"수환 형이 평소 해 주시는 것처럼 하면 되는 거죠?"

"……네."

난 걱정 말라는 듯 미소 짓곤 차 앞으로 향했다.

이미 세팅을 마치고 내가 준비되기만을 기다리던 촬영 팀이 움직이기 시작했다.

"기다려 주셔서 감사합니다. 이제 시작할게요."

"그럼 촬영 들어갑니다."

우리팀 스태프가 촬영 시작을 알리는 신호를 보내고 카메라에 붉은 불이 들어오며 촬영이 시작되었다.

먼저 인사부터.

"안녕하세요. 크로노스의 현우입니다."

난 카메라 앞에서 고개를 숙인 후 손을 흔들었다.

"혼자서 방송 진행하는 건 처음인 것 같아요. 지금 너무

떨리는데, 제가 왜 혼자 이곳에 있냐 하면요."

카메라 앞에 내 목에 걸린 스태프 카드를 보여 주었다.

"오늘 유준 씨 첫 OST 녹음하는 날인데 제가 친구로서 가만히 있을 수가 없죠. 오늘은 제가 유준 씨의 일일 매니저가 될 겁니다."

–그럼 매니저로서 처음 할 일은 무엇인가요?

카메라맨의 질문에 나는 씨익 웃으며 대답했다.

"일단 고유준 씨를 불러서 차에 던져야 합니다."

그러곤 곧바로 고유준에게 전화를 걸었다. 〈블루 룸 파티〉로 설정한 고유준의 컬러링이 길고 길게 이어졌다.

"……음, 안 받네요."

결국 전화를 받지 않은 채 끊겼고 난 두어 번 더 전화를 걸어 보다 결국 숙소로 향했다.

"네, 안 받으시네요. 아까 일어나 있는 거 다 봤는데? 어라, 이상하다."

어이없어서 그저 웃으며 중얼거렸다.

이건 고의다. 고유준은 내 기준 최고의 인싸답게 자다가도 전화가 오면 얼마 지나지 않아 전화를 받는 놈이다.

몇 번이나 걸었는데도 전화를 안 받는 건 진짜 말이 안 되고 촬영 중임을 알고 또 장난치고 있는 걸 테다.

"완전 연예인으로서 자세가 안 되어 있어. 시간이 되면 어? 제때제때 일어나서 기다려야 하는 거 아닙니까?"

엘리베이터를 타고 올라가며 투덜거리자 카메라맨이 소리 없이 웃으며 말했다.

-현우 씨가 그런 말을?

"······아이, 형."

평소 내 잠버릇을 아는 크로노스 팀 카메라맨이다.

형에게 머쓱하게 웃곤 서둘러 이야기를 마무리한 뒤 또 전화를 걸며 숙소에 도착했다.

빠르게 숙소로 들어가 거실로 들어서자 진성이와 주한 형이 킥킥거리며 날 반겼다.

"결국 올라왔냐?"

"고유준 어딨어?"

"방에!"

두 사람이 동시에 내 방을 가리켰고 방으로 향하자 고유준은 어이없게도 내 침대에 누워 엎드린 채 자는 척하고 있었다.

"허, 너 내 침대에서 뭐 하냐?"

"커어······."

"시간이 없다고, 유준 씨."

난 고유준이 달팽이처럼 덮고 있던 이불을 걷어 낸 뒤 곧바로 눈에 보이는 엉덩이를 타격했다.

'촤악!' 하는 찰진 소리와 함께 고유준이 벌떡 일어났다.

"아악! 야!"

"유준 씨, 시간이 없어요. 메이크업 다 하고 자는 사람이 어딨어요. 야, 세수하지 마. 나와."

"저 매니저 바꿔 주세요. 이분이랑 못 하겠어요. 수환 형! 차라리 주한 형으로 해 줘! 아, 아직도 아파."

그냥 설정이나 연출로 하는 말이 아니고 진짜 시간이 없다.

사전 드라이브에 시간을 써서 고유준의 장난에 지지고 볶을 시간도 좀 애매했다.

난 투덜거리는 고유준을 끌고 무작정 주차장으로 향해 조수석에 쑤셔 넣었다.

"야, 너, 아니 매니저님 박력은 있으신데 아티스트 배려 좀 해 주세요. 매니저 교체 부탁드립니다."

"넹, 유준 씨, 안전띠 매세요."

"옙."

고유준은 투덜거리던 것치곤 순순히 안전띠를 맸다.

내가 시동을 켜고 운전해 주차장을 나서는 동안 고유준은 거울을 보며 헝클어진 머리를 정리하기 시작했다.

"누워 있는다고 머리 다 헝클어졌어. 혼나겠다."

난 고유준을 힐끔 보고 말했다.

"아냐, 괜찮아. 평소랑 똑같아요."

"욕이세요?"

"무슨 소리세요. 커피 마실래?"

"응."

난 뒤를 가리켰고 고유준은 뒷좌석으로 손을 뻗어 자신의 커피와 내 커피를 가져왔다.

"물론 아메리카노는 내 것이겠지?"

"엉."

고유준은 아메리카노를 마시며 드디어 머리에서 손을 떼고 가사지를 펼쳤다.

"노래 연습하게? 반주 틀어 줘?"

"……어. 야, 너한테 도움받으니까 뭐 좀 이상하다. 뭔가 웃겨."

"오늘만. 네 첫 스케줄이니까 이 정도는 해 줘야지."

난 주한 형에게서 받은 반주를 틀고 다시 운전에 집중했다.

주한 형도 정말 대단하지.

그 많은 경쟁작 중에 당당하게 OST로 선택되었다.

형은 회사 사람들이 많이 도와줬고 고유준이 노래를 부르니 연계적 화제성 덕분이라며 겸손해했지만 내가 보기엔 정말 실력이 좋았다.

OST 후보군 중엔 도 PD님의 곡도 있었다고 들었는데.

고유준은 목을 풀고 작은 소리로 연습해 보고 또 크게 소리내 보길 반복하며 연습을 이어 갔다.

그러다 내 눈치를 슬쩍 보고 커피를 마셨다.

"근데 너 운전하는데 내가 노래 부르면 방해 안 되냐?"

"딱히? 괜찮아. 그냥 연습해도 돼."

나야 예전에도 운전하는 동안 연습생 제자들이 떠들거나 노래 부르는 경우가 많았어서 별로 거슬리거나 방해된다는 생각은 없었다.

고유준은 '크으' 하고 감탄사를 뱉으며 손뼉을 쳤다.

"전에 같이 교육받을 때도 생각했지만 너 운전 되게 잘해. 신기하다."

"하하."

"타고난 게 있어, 운전도. 되게 신기하다. 우리 중학생 때 만나서 버스 타고 등교하고 연습하고 그랬던 게 이젠 운전대 잡고 스케줄 가네."

그러게. 나도 고유준을 내가 운전하는 차에 태우는 날이 올 거라곤 전혀 생각지 못했다.

불과 얼마 전까지만 해도 말이다.

난 말없이 웃으며 방향을 틀고 손을 더듬어 커피를 찾아 마셨다.

그러곤 이동 중 물어보려 준비해온 질문들을 꺼냈다.

"고리들이 너랑 나는 왜 이름으로 안 부르냐고, 성 붙여서 부르는 이유 되게 궁금해하더라."

"……엉……? 허!"

고유준은 어이없다는 듯 웃음소리를 내며 날 바라보았다.

"갑자기?"

"아, 질문이에요. 질문. 고리들이 궁금해하는 거 좀 들고 와 봤어요."

"아아, 음. 그러게. 근데 이거 약간 형제 같은 그런 거 아닌가?"

"아, 맞아."

우린 하도 익숙해져서 딱히 이상함을 느끼지 못했는데 소속사에서 방송에선 이름만 부르라고 할 때, 고리들이 이렇게 궁금해할 때 그제야 우리만 부르는 데에 차이가 있다는 걸 깨닫게 된다.

"중학생 때부터, 우리가 처음엔 딱히 사이가 안 좋았잖아."

"그렇지. 성격도 너무 달라서."

"현우 얘는 되게 내향적이고 저는 나가서 친구들이랑 노는 거 되게 좋아하고 그래서, 솔직히 별로 안 좋아했었어요. 그때 서현우, 고유준 이렇게 부르던 게, 그렇지?"

"어, 친해지고 나서도 그게 익숙해져서 그냥 쭉 갔지, 그대로."

"이 기회에 한번 바꿔 볼까요? 고리분들은 이름 부르는 것부터 친밀감 느껴지게 불렀으면 좋겠다. 그런 거 아닐까?"

그럴까. 어차피 회사에서 멤버들이랑 호칭 통일해서 이름으로만 부르라고 했었고.

그러나 잠시 고민하다 난 고개를 저었다.

"아니, 하지 말자."

"그래. 우린 못 해."

고유준도 말해 놓고 바로 이건 아니다 싶었는지 수긍했다.

우리 사이에 조금의 다정함? 오글거림? 절대 없을 것이다.

적어도 과거처럼 이런 관계에 변화가 생기지 않는 한.

"우리 대화 되게 알맹이 없다."

"원래 우리끼리는 헛소리 많이 하는 편이라."

"회사에서도 후회하고 있지 않을까, 왜 하필 저 둘로 기획했나 하고?"

고유준이 낄낄거렸다. 그러곤 기지개를 펴다 백미러에 달린 장식을 만지작거렸다.

"이거 뭐야. 방향제야?"

"어? 아닐걸. 그거일 텐데, 부적 주머니."

"방향제 아니야?"

난 아니라는 뜻으로 고개를 저었다.

우리 부모님도 차에 비슷한 걸 달아 놔서 알고 있다.

주머니 안엔 무운을 비는 부적이 들어 있을 것이다.

"왜?"

목적지에 거의 다 왔다.

슬슬 주차할 곳을 찾느라 고유준의 말을 반쯤 흘리며 대답만 겨우 하고 있을 때였다.

"아니, 뭔 향기가 나서."

"너나 나 아니야?"

"아냐, 차에서 나는 은은한 향기. 어디서 좀 많이 맡아 봤는데."

─목적지에 도착했습니다. 안내를 종료합니다.

'어디?' 하고 고유준의 말에 대답하려는 순간 내비게이션 안내음이 말을 끊어 먹었다.

난 말을 멈추고 안전띠를 풀었다.

"내려요."

"넵. 짐은 매니저님이 들어 주시나요?"

"네, 얼른 먼저 올라가세요."

"엘레베이터 잡고 있을게."

고유준이 차에서 내려 먼저 건물로 향했다.

편하게 이어 가던 대화는 종료되었고 난 고유준과 내 짐을 챙겨 뒤를 따랐다.

"서 매니저님, 저 물 좀 주세요. 따뜻한 걸로."

"네. 아, 따뜻한 물로요."

"7 : 3 비율로."

"아, 유준 씨 죄송한데 찬물이 7인가요?"

내가 묻자 고유준이 휙 돌아보며 실실 웃었다.

"당연한 거 아닙니까? 신입 매니저님 센스가 없으시네."

"죄송합니다. 네 네, 7 대 3······."

얄밉게도 시켜 먹는다.

녹음을 준비하는 감독님과 디렉터님은 낄낄 웃으며 날 지켜보고 계셨다.

"현우 씨 일일 매니저라고 유준 씨가 알차게 시켜먹네."

"현우 씨 오늘 피곤해서 꿀잠 자겠다."

내가 바로 이 녹음실의 놀림거리다.

고유준은 짧은 미팅과 녹음 준비 사이에도 틈틈이 나에게 이것저것 지시해 댔다.

아, 물론 아티스트 케어가 내 일이니 커피나 물, 짐 챙기는 것 정도는 할 수 있다.

하지만

"서 매니저님."

"네! 말씀하세요, 유준 씨."

내가 대답하자 고유준이 울상을 지었다.

"아, 어쩌지. 오늘 약간 몸살기 있나 봐."

"뭐? 몸살? 아깐 괜찮았잖아."

차로 이동할 때만 해도 멀쩡했는데? 안 하던 멀미라도 했나, 여기 공기가 안 좋나.

이것저것 원인을 생각하며 고유준에게 다가가 상태를 살폈다.

"괜찮으세요? 약이라도 사 올까? 곧 있으면 녹음이라-."

"아니 약으론 안 돼."

고유준은 그렇게 대답하더니 아프다며 찡그렸던 표정은 어디로 가고 또 낄낄 웃어 댔다.

왜 저래, 미친놈이.

내가 말없이 이상하게 쳐다보자 고유준은 또 앓는 소리를 내다 제 어깨를 툭툭 쳤다.

"아이고 아이고, 몸살이. 안마 좀 해 주세요, 막내 서 매니 저님."

"안마?"

"아, 안무 연습을 오래 했더니 좀 쑤셔서."

"……."

어이가 없어서 헛웃음이 나왔다.

안마 좋아하시네. 어디까지 나가려고, 이 자식이.

우리 안무 연습 같이 했는데.

난 손을 들어 카메라 뒤에서 지켜보는 수환 형을 향해 절실히 외쳤다.

"……저기! 매니저 좀 교체해 주세요! 저 매니저 그만두겠습니다!"

"학학학캬학캬흐학학!"

그러나 수환 형은 어쩐지 즐거워 보이는 얼굴로 사진이나 찍고 있었다.

'아니 새로운 배경화면은 나중에 만들라고!'

이건 매니저가 아니라 종노릇이다.

갑질도 이런 갑질이 없고.

"병아리 매니저 고생하네? 허허."

감독님과 제작진도 우리 상황을 지켜보며 재밌게 웃고 있었다.

이 공간에 내 편은 아무도 없다.

"아, 그런 거 없어. 그만두고 그런 거 없어요. 아, 빨리. 나 곧 녹음해야 하거든. 수환 형, 막내 매니저님이 게을러 터졌어요."

"아유, 아닙니다. 해야죠. 해야죠. 선생님. 똑바로 앉으세요, 이 자식아."

난 살살 웃으며 안마하기 편한 방향으로 고유준의 등짝을 때려 돌렸다.

"아악! 폭력은!"

"멈춰!"

"아아악!"

원하시는 만큼 모시겠습니다, 고객님.

난 고유준이 원하는 대로 안마를 시작했다.

어깨에 손을 얹고 뭉친 근육이 제대로 풀릴 수 있도록 성

심성의껏 주물러 드렸다.

그러자 이상하게도 고유준이 절규했다.

"아아아악! 아파! 좀 됐어, 놔!"

"아이, 뭘."

우리 YMM엔터테인먼트의 기둥.

톱 아이돌 고유준 씨의 근육을 위해 병아리 매니저가 안마 정도는 해 주는 것이 인지상정.

이 세계의 평화를 위해 내 아티스트의 몸살기운이 가라앉아 가는 것이 손끝에서 서서히 느껴졌다.

이 느낌 그대로 조금 더 손가락에 힘을.

"아! 야, 서현우, 나 뻥 안 치고 진짜 욕 나올 것 같아! 아악! 욕 나온다니까? 카메라 앞에서!"

"하세요."

고유준의 표정을 보아 굉장히 만족스러운 모양이다.

난 뿌듯한 마음으로 물었다.

"어때, 이제 좀 풀려?"

고유준은 잠시 멍 때리고 있더니 제 어깨를 만지작거렸다.

"와, 이거 멍드는 거 아니야? 나 살짝 어깨에 감각이 없어."

"너 좀 많이 뭉쳤다."

"거짓말. 걱정하는 척 장난 아닌걸."

별말씀을.

난 웃으며 물러서며 아파 오는 손을 주물렀다.

"너희 콩트하니? 크로노스가 보는 맛이 있네."

"하하."

"아무튼 이제 슬슬 녹음 시작할까?"

"네!"

감독님의 지시에 고유준이 일어나 부스로 향했다.

녹음이 진행되니 그때부터 내가 하는 일은 별것 없었다.

그냥 가만히 앉아서 고유준을 지켜보거나 날 찍고 있는 카메라에 대고 감상을 말하는 등의 행동만 반복했다.

"정말 목소리가. 제 최애? 목소리입니다. 고리 여러분. 너무 좋아요. 굿."

난 카메라에 대고 엄지를 추켜들었다.

목소리도 좋고 쏟아붓는 감정도 좋았다.

어젯밤 주한 형이 고유준을 데리고 곡과 가사에 대해 구체적으로 해석해 준 것이 많은 도움이 되었던 모양이다.

소파에 가만히 앉아서 한참이나 고유준은 지켜보고 있으니 시선이 마주쳤고 난 카메라에게 고유준을 찍으라 손짓했다.

카메라가 고유준을 찍자 고유준은 거기에 맞춰 크게 손을 흔들어 주었다.

"현우 씨 녹음 부분 분량은 다 찍었으니까 이제 좀 편하게 계셔도 돼요."

"아, 감사합니다."

카메라를 들고 있던 스태프는 아예 촬영을 멈추고 카메라를 내렸다.

고유준이 녹음을 하고 내가 감상하는 부분은 꽤 길게 찍혀서 더는 촬영할 필요가 없다 판단한 모양이다.

드디어 혼잣말할 필요 없이 편하게 감상하며 시간을 보낼 수 있게 되었다.

난 그 이후로도 한참 고유준을 지켜보다 창문으로 시선을 옮겼다.

창문 밖으로 건물의 입구를 볼 수 있고 입구 바로 앞엔 주차장이 있어 내가 세워 둔 차량이 있었다.

"……흐음."

그러고 보니 아까 분명 향기가 난다고 했었지.

수환 형과 드라이브할 때는 그다지 느끼지 못했는데.

수환 형도 향수를 썼던가.

요즘 온갖 것에 예민해지는 터라 고유준이 가볍게 한 말도 가볍게 여길 수가 없었다.

"형, 향수 뭐 써요?"

어느새 가까이 다가온 수환 형에게 물었다.

"향수요?"

수환 형은 자신의 가방에서 향수를 꺼내 건네주었다.

"예전에 영이 선생님께서 선물해 주신 것이라 쓰고 있습니다. 이름은 한번도 주의 깊게 본 적 없어서 잘 모르겠네요."

"한번 써 봐도 돼요?"

"네."

난 수환 형의 향수를 손목에 뿌리고 냄새를 맡아 보았다.

물론 처음 뿌렸을 때와 잔향은 다를 수 있지만 그날 베개에서 나던 향도, 차에서 나던 향도 이런 느낌의 시원한 향기는 아니었다.

"고마워요, 형."

"향수는 갑자기 왜요?"

"아뇨. 고유준이 차에서 향기가 난다고 하길래 혹시나 하는 마음에. 형이 뿌리는 향수 냄새였나 싶었어요."

"아, 제 향수 냄새가 좀 진했습니까?"

난 고개를 저었다.

"형 향수 냄새가 아니었어요."

"……그럼-."

그때 내가 지켜보고 있던 우리 차량으로 우르르 사람들이 다가가 문을 열었다.

"어? 아."

우리 팀 스태프들이구나.

아예 들어가지 않고 상체만 집어넣어 뭔가 하는 걸 보면 카메라 상태를 살피고 있는 모양이다.

별로 가까운 스태프들은 아니라서 여전히 의심스러운 눈

으로 그들을 지켜보았다.

저 중의 누군가일 수도 있다.

정보 팔이 사생.

그리고 그건 수환 형도 같은 생각인 듯하다.

"스태프들도 하나하나 조사 시작했습니다. 증거도 뭐도 없어서 검찰 쪽에선 가볍게 하는 것 같기는 한데."

"아."

수환 형은 가볍게 웃었다.

"저도 조사받았습니다. 절 가장 의심하더라고요."

"형만큼 믿을 만한 사람이…… 아."

나도 모르게 웃어 버렸다.

수환 형이 자신의 폰 배경화면을 보여 줬기 때문이다.

수환 형의 최신 배경화면은 얼마 전 진성이가 미국에서 찍어 단체톡에 올렸던 웃긴 표정의 사진이었다.

웃음 허들이 낮은 수환 형의 갤러리엔 우리 사진과 동영상이 애정만큼 엄청나게 들어가 있을 테니 처음 보면 좀 의심할 만도 하다.

"형이 범인으로 의심받으면 멤버들이 나서서 막아 줄게요. 우리 형은 그런 사람 아니에요! 그 사진 우리가 다 준 거예요! 하고."

"고맙습니다."

수환 형은 까딱 고개를 끄덕이고 업무 전화를 위해 녹음실을 나섰다.

난 휴대폰을 켜 파랑새로 들어갔다.

'사생'

YMM에서 강경 대응을 예고했던 터라 한동안 시들하던 정보 팔이 사생들이 요즘 다시 활개를 치기 시작했다.

파랑새에 '사생'을 치면 정보팔이들과 사생을 욕하는 사람들의 글로 가득했다.

얼마 전 진성이가 친구 전화를 기다리다 실수로 발신 표시 제한 번호를 받았다더니 그새 파파오톡에 이어 진성이의 번호까지 유출되어 팔리고 있었다.

물론 그 이후 바로 번호를 바꿔 버렸긴 하지만.

우리 누나에게도 혹시나 싶어 전화했더니 팔로우 수는 미친 듯이 늘었는데 다행히 아직 댓글을 달거나 말을 걸어온 사람은 없다고 했다.

'계속 데리고 가야 하는 부분인가?'

아이돌에게 사생은 떼어 낼 수 없고 평생 달고 가야 하는 짐덩이일까?

이미 사생에 관련한 경험과 데이터가 많은 대형 기획사는 경비 잘된 숙소를 구해 주고 최대한의 보호를 한다고 한다.

하지만 그래도 사생들을 모여들고 괴롭혀서 일정 부분은 포기하고 가는 경우가 많다.

하이텐션 지혁 형의 말을 들어 보면 경비가 잘되는 숙소로 옮겨 봤자 돈 많은 사생이 이웃집으로 이사 와 초인종을 누르고 가기도 했다고.

"하아."

우린 경비 좋은 숙소는 꿈도 안 꾸니 지금 당장 유출한 본인만 찾아도 정말 좋을 것 같은데.

난 의미 없이 파랑새 스크롤을 내리며 글을 읽어 내렸다.

그러던 도중 보이는 어떤 고리의 게시글.

현우나라세워 @woo_10 · 30분
강경대응한다며 ㅅㅂ아
와엠 강경대응 뭐하냐 이런 애가 버젓이 애 따라다니는데?
말만 쳐하지 말고 대응을 하라고 대응을...엿같이 ㅈ소 티내냐;;
(영상 캡처본.jpg)
답장 RT 10 좋아요 23

"뭐야, 이건 또 언제……."

아무래도 휴대폰 카메라로 찍은 영상을 캡처한 것 같았다.

영상 속 보이는 사람은 다름 아닌 나였는데 옷차림, 헤어, 그리고 장소가 누가 봐도 불과 1시간 전 촬영 준비 중이던 숙소 주차장에서의 모습이었다.

주차장에서 수환 형과 대화하는 내 모습을 찍은 영상.

그것도 아주 가까운 곳에서.

캡처본의 영상 위엔 사생이 적은 것으로 보이는 글귀가 있었다.

현우랑 데이트 중♥
촬영 끝날때까지 기다리라고 해서
현우 기다리는 중
끝나고 둘이서 맛난거 먹으러 갈꼬야~~~♥♥♥♥♥사랑해 자기

다음, 고유준과 내가 투닥거리는 영상의 캡처본엔.

유준이 방긋방긋 잘 웃는다♥♥
인상쓰는거 너무 보고싶엇!
어떻게 해야 인상 써줄까

하고 적혀 있었다.
와, 엄청 무섭다.
반복해서 글귀를 읽다 몸을 오스스 떨고 전부 수환 형에게 보냈다.
그리고 다시 생각해 보았다.
이번 건 굉장히 소름 돋았지만 이상하게 계속 웃음이 나왔다.
반쯤 헛웃음, 실성한 웃음소리가 실없이 흘러나왔다.

'되게 가까워.'

이 정도로 가까이에서 찍는 건 너무 투명하게 존재를 드러내는 거 아닌가?

"허."

멍청하리만치 본인을 너무 나타내고 있다고 생각했다.

"혁수 매니저님은요?"

고유준의 녹음이 마무리되어 가던 차 수환 형에게 물었다.

그러자 수환 형은 휴대폰을 한번 보더니 한숨을 쉬었다.

"통화하러 간 모양입니다."

"형, 왜 한숨을 쉬세요. 힘들어요? 커피라도 같이 사러 가실래요?"

"아니요. 힘들지 않습니다."

수환 형이 억지 미소를 지었다.

나도 사회생활 좀 해 본 사람으로서 대충 저 표정이 무슨 표정인지 알 것도 같아 웃어 버렸다.

"혁수 매니저님 여자 친구랑 되게 사이좋은가 봐요."

"그래도 직장에선 통화도 적당히 해 줬으면 하는 게 제 마음이라……."

혁수 매니저님이 우리 회사로 들어온 지 반년 정도 되었던가?

로드 매니저이고 아직 운전이나 멤버 인솔 정도만 하는지라 딱히 친해지진 않았다.

　사실 수환 형이 빠르게 친해진 편이고 낯가리는 우리에게
는 혁수 매니저님 정도의 거리가 보통이긴 하지만 혁수 매니
저님도 우리랑 친해질 생각은 별로 없으신 듯했다.

　우린 직장 동료 원에서 파이브 정도로 여기는 듯하고.

　일할 때도 운전할 땐 바짝 집중해서 하다가 종종 틈이 나
면 우리와의 대화보단 여자 친구와의 통화로 시간을 때우곤
했다.

　"그런데 혁수 씨는 왜요? 뭐 필요한 거 있으십니까?"

　"아뇨, 차에서 잠깐 쉴까 하고요. 차 키는 혁수 매니저님
께서 들고 계시잖아요."

　"유준 씨 노래 다 안 들으시고요?"

　수환 형이 의아한 얼굴을 했다. 내가 하도 고유준 목소리
좋다 좋다 찬사를 해 대니 고유준 녹음하는 것마저 끝까지
감상하듯 들을 줄 아셨나 보다.

　"더 듣고 싶기는 한데 운전하면서 긴장 좀 했더니 눈이 피
로해서."

　"아, 혁수 씨 지금 저쪽 휴게실에 있으실 겁니다. 키 받아
다 드릴까요?"

　"아이, 제가 갈게요. 아, 그리고 형, 괜찮으면 우리 스탭들
조사받고 한 거 무슨 소식 있으면 저도 알려 주세요."

　"알려 드릴 수 있는 거면 그렇게 하겠습니다."

난 끄덕임으로 대답을 대신하고 녹음실을 나섰다.

혁수 씨 어디 있으려나.

주위를 두리번거리며 혁수 씨를 찾았다.

솔직히 딱히 눈이 피로하진 않았다.

고거 운전 조금 했다고 긴장했을 리도 없고.

고유준의 녹음을 끝까지 보지 못하는 건 좀 아쉽지만 차에서 확인할 것이 좀 있었다.

"스까아이뿌울- 스까아이뿌울-."

휴게실 근처로 가자 뭔가 어색하게 진성이 성대모사 하는 소리가 들려왔다.

혁수 씨임이 분명해 휴게실 문을 두드리고 들어서자 혁수 씨가 날 쳐다보더니 일어났다.

"아, 현우 씨. 유준 씨 녹음 끝나셨어요?"

"아니요. 아직이요. 조금 피곤해서 나왔어요."

내가 말하자 혁수 씨는 안타까운 표정을 지으며 탄식했다.

"음료수라도 사 올까요?"

"아니요. 잠깐 차에서 쉬려고 하는데 매니저님 혹시 차 키 가지고 계세요?"

"아!"

혁수 씨는 제 주머니 여기저기를 헐레벌떡 뒤지더니 차 키를 건네주었다.

"현우 씨가 운전하는데 그냥 현우 씨가 계속 가지고 있도록 드릴 걸 그랬네요."

"아니에요."

여전히 참 배려 좋은 말투를 가진 사람이다.

난 키를 건네받고 혁수 씨에게 인사한 후 휴게실로 나와 곧바로 차로 향했다.

차에 올라타서 한 행동은 매니저들에게 말한 대로 뒷좌석에 올라 휴식을 취하는 것이었다.

시트를 눕히고 누워서 눈을 감았다.

그리고 허공에 날아다니는 차 안 냄새를 맡았다.

'아까 고유준이 이곳에서 향기가 난다고 했는데.'

다행히도 녹음하는 동안 차에 들어왔던 스태프 중 향기의 주인공이 있었는지 여전히 달달함이 코에 맴돌았다.

혹시 고유준이 맡았다던 향기가 내 베개에서 나던 것과 동일한 거면 어쩌나 했는데 적어도 지금 느끼기엔 이건 동일한 유의 향수는 아니다.

같은 사람의 것은 아니라는 소리였다.

그런데 내가 지금 왜 여기서 이러고 있는가.

내가 하다 하다 연기까지 할 줄은 몰랐다.

자는 척 좀 하다가 자연스럽게 휴대폰도 좀 만졌다.

－야, 너 어디 감? 가수 두고 사라지는 매니저가 세상에 어딨냐

고유준의 메시지는 살포시 무시해 주고. 그 와중 파랑새만
은 들어가지 않았다.
그 대신 수환 형에게 메시지 하나를 보냈다.

－형, 지금 파랑새에 사생 서치 한번만 해 주세요. 무슨 내용 나오는지
메시지로 알려 주세요.

1시간 정도 전에 바로 근처에서 찍힌 영상이 업로드 되어
있다면 지금도 따라오고 있을 확률이 높다.
내가 궁금한 것은 내가 돌발적으로 위치 이동을 했을 때
그 영상을 찍은 사람에게는 정보가 어느 정도로 빨리 전해지
느냐는 것이었다.
만약 수환 형이 서치했을 때 이미 내가 차로 들어오는 모
습이 업로드 되어 있다면 확실히 유출자 혹은 사생의 정체의
범위가 좁아지는 것이고, 아니라면 나는 그냥 헛짓하는 거
다.
그렇게 수환 형의 답변을 기다리고 있을 때였다.
똑똑똑-.

"허억!"

창문 두드리는 소리에 까무러치게 놀라 몸을 일으키자 내가 방심할 겨를도 없이 덜컥덜컥 문고리가 움직여 댔다.

"뭐에, 뭔데!"

진짜 너무 놀라서 심장까지 아파 왔다.

인상을 찌푸리며 창문을 바라보았다.

다행히 밖에서 날 쳐다보고 있는 건 사생이 아니라 고유준이었다.

고유준은 빨리 문을 열라며 문고리를 흔들어 댔고 난 안도의 숨을 내쉬며 잠갔던 문을 열어 주었다.

"아니 뭘 그렇게까지 놀라? 무안하게."

"야, 안에서 들리는 소리는 네가 생각하는 것보다 크거든? 녹음 끝났어?"

"엉. 내 눈앞에 있으라고, 인마. 매니저가 무슨 지 혼자 여기서 쉬고 있냐? 너무하네."

고유준은 투덜거리며 제 뒤쪽을 엄지로 가리켰다.

"나와. 감독님이 이야기 좀 하제. 너 없으면 예의가 아닌 것 같아서 데리러 옴."

"어, 가자."

고유준을 차에서 밀어내며 나도 함께 내리려 몸을 움직였다.

그때 잘 내려가던 고유준이 갑자기 우뚝 멈추더니 다시 뒤로 물러났다.

"뭐야, 왜 그러세요? 어?"

"어? 왜 그래? 아."

언제나 그렇듯 상황은 돌발적으로 일어난다.

마스크와 선글라스, 그리고 깊게 눌러쓴 모자.

"오빠, 오빠, 유준 오빠, 현우 오빠!"

누군가 고유준의 앞을 막아선 채 우리의 이름을 부르고 있었다.

발음이 한국인은 확실히 아닌 듯하고 외국인, 합리적 의심이 가는 그날 숙소에 침입했던 누군가.

"뭐야!"

수환 형이 빠르게 이곳으로 뛰어오고 다른 스태프들도 한꺼번에 다가오며 여자에게 윽박질렀다.

"야!"

그러나 여자는 아랑곳지 않고 휴대폰을 들이댄 채 고유준과 나를 찍어 댔다.

"지금 촬영하시는 거예요? 찍지 마세요."

고유준은 차마 여자를 밀치지는 못하고 들이대는 휴대폰만 밀어내며 문을 닫으려 애썼다.

"지금 뭐 하시는 겁니까? 비키세요!"

멀리서 달려오던 수환 형이 기어코 가까워져 여자의 어깨를 붙잡았다.

"아…… 안 돼요. 오빠! 오빠! 아이! 잠깐마안!"

여자는 그래도 수환 형의 손을 밀쳐 내고 휴대폰을 들이댔다. 그러다 수환 형의 힘이 더욱 강해지자 인상을 찌푸리더니 손을 하늘로 치켜들어 고유준의 뺨을 내리쳤다.

짜악!

"…….."

"…….."

이런 시발.

갑작스러운 여자의 행동에 그녀를 끌어내던 스태프들도 나도, 맞은 고유준도 순간 입을 다물었다.

들리는 소리는.

찰칵, 찰칵, 찰칵-.

그 모습을 찍는 미친 카메라 소리뿐.

"…….."

안 된다. 여긴 보는 사람도 많고 무엇보다 저 여자가 카메라로 찍고 있어.

"지금 뭐 하자는 거예요?"

나는 애써 화를 억누르며 고유준의 얼굴을 살폈다.

"야, 봐 봐."

이런 미친 새끼가. 얼굴이 새빨갛게 부어올랐네.

"아니 난, 괜찮은데. 아니 진짜 괜찮아."

괜찮다는 고유준은 많이 놀랐는지 굳은 표정에 목소리까

지 떨려 왔다.

"괜찮긴 뭐가 괜찮아. 야, 나와 봐."

난 고유준을 지나 여자를 밀어내고 차에서 내렸다.

"지금 뭐 하시는 거예요? 누가 찍으래요?"

"아, 오빠 화내요? 화내는 거예요?"

"네, 화내는 거예요. 휴대폰 줘요, 얼른."

난 여자의 휴대폰을 뺏어 동영상을 지웠고 그 김에 갤러리에 있는 다른 사진들도 전부 지워 버렸다.

그사이 수환 형은 여자를 스태프들에게 넘기고 경찰에 전화를 했고, 난 휴대폰을 수환 형에게 넘겨준 채 다시 차에 올랐다.

"야, 너 귀 잘 들려?"

"어? 어."

"병원 한번 가 보자. 때리는 소리 너무 컸어."

아니 갑자기 때리긴 왜 때리고 지랄이야, 애를.

문득 아까 전 파랑새 캡처본에서 본 글귀가 생각났다.

어떻게 해야 인상 써줄까

사생이 동영상 위로 적었던 문구.

얘가 걘가.

"병원으로 가겠습니다. 미팅은 혁수 씨한테 맡겼으니 걱정 마시고요."

수환 형이 화가 난 표정으로 차에 올랐다.

병원으로 향하는 동안 그 시끄럽던 고유준은 충격으로 말이 없었다.

난 입술을 아그작거리며 서치를 시작했다.

이게 뭔데, 이게 뭐야.

화가 머리끝까지 나서 도저히 자제할 수가 없었다.

눈이 점점 날을 세워 가는 게 스스로도 느껴질 정도였다.

"내가 너, 너희들 싹 다 잡아넣는다."

혼자서 중얼거리며 손가락을 쉴 새 없이 움직였다.

"형, 왜 미안해하고 그래요? 제가 더 미안하죠, 화장실 간다고 하고 홀라당 나와 버려서."

고유준의 말에 수환 형은 아무 말 없이 고개를 저었다.

"죄송합니다."

조용한 차 안, 난 또 한번 울컥 치밀어 오르는 화를 진정시키고 나지막이 말했다.

"너나 나나 조심성이 없었어."

사실 유도한 건 맞았다.

'내가 거기 혼자 있으면 또 찍으러 오겠지.' 하고.

적어도 우리 스태프 중에 정보를 유출한 사람이 있다면 말이다.

그래서 기어코 혼자 나선 것이었는데 생각이 짧았다.

부어오른 뺨을 냉찜질하는 고유준이 말하길 고유준은 화장실 다녀오는 길에 나를 보겠다고 말도 없이 움직였다고 했다.

'설마 고작 이 정도 거리에 일이 생기겠어?'라는 누구나 할 법한 안이한 생각이었다.

"죄송해요."

"죄송합니다."

우린 멋대로 움직여서 죄송하고, 수환 형은 좀 더 주의를 기울이지 못해 미안해하고.

정말 끝도 없이 계속되는 사과였는데 그렇다고 그냥 넘어가기엔 고유준이 너무 세게 맞았다.

"진짜 너무한다. 가슴이 답답해."

"나 괜찮은데?"

고유준이 태연하게 말했다. 난 인상을 찌푸리며 고개를 저었다.

"멤버들 보면 운다. 얼굴이 저게 뭐야."

내가 다치고 쓰러졌을 때 멤버들이 이런 기분이었을까.

지금 이 기분을 뭐라고 설명해야 할지 모르겠다.

저 고유준이 한껏 기가 죽어선 괜찮다고만 말하는데, 차라리 내가 맞은 당사자가 되는 게 더 마음이 가벼울 것 같다.

속상한 것 이상으로 뭔가.

"죄송합니다."

수환 형의 사과를 마지막으로 난 다시 휴대폰에 집중했다.

"형, 혁수 매니저님 지금 경찰서 가 있죠?"

"네."

"그 여자 별스타 계정 확인해 보라고 해 주세요. 계정 주소 저한테 보내 주시고. 저도 알아내는 거 있으면 회사랑 공유하게요."

사람이 완벽하게 자신의 모든 것을 숨길 수는 없다.

그 여자도, 혹시 우리 쪽에 숨어 있는 스태프도.

지금 머릿속에 떠오르는 한 사람.

가장 의심이 가는 인물이 있기는 한데 그 사람과 여자의 연관성을 분명히 해야만 확실히 끝낼 수 있다.

♪♫♬

그날부터 주한 형과 나, 소속사 관계자들의 모임이 잦아졌다.

〈비갠 뒤 어게인〉이 끝난 직후 잠깐 머물렀던 우리의 새 숙소는 경비가 허술하다는 이유로 금방 또 한번의 이사가 결정되었다.

일이 심각해지자 회사가 드디어 사생을 본격적으로 예방할 마음을 먹은 것이다.

"하이텐션 옆 동으로 이사 가자."

"언제요?"

"너네 컴백할 때쯤엔 갈 수 있을 거야."

"또 말만 하시는 거 아니에요? 하이텐션 옆 동이면 예산 오버일 텐데."

고유준이 맞고 돌아온 뒤로, 주한 형은 회사 말이라면 무조건 의심하기 시작했다.

하이텐션은 해외 투어도 돌고 회사도 크니 그만한 숙소에 살아도 유지가 되지만 아직 국내 콘서트도 못 해 본 우리가 살기엔 좀 버거운 곳이었다.

김 실장님은 단호히 말했다.

"이사 보낼 거야. 대표님 대출받았어. 우리가 최근 입에 달고 사는 말이지만 허술하게 예방했던 거 맞으니까."

사실 허술한 예방에 대한 반성이라기보단 고리들의 팩스, 메일 테러에 움직이는 듯 보이지만.

어쨌든 조금이라도 안전한 곳으로 간다니 참 다행인 일이다.

"저번에 유준이 때린 애, 외국인 맞더라. 열여덟 살이고 너희 보러 왔대."

실장님이 한숨을 벅벅 쉬며 말했다.

"외국인에 미성년자면 뭐 해결 방법이 없다. 근데 현우 말처럼 최근에 별스타 계정에 자꾸 영상 올리던 걔는 맞다고 하더라."

"숙소에 들어온 사람이랑은 다른 사람이에요?"

실장님이 고개를 끄덕였다.

"국적도 다르고. 들어 보니까 누구한테 들었다고 하는데-."

"남자요? 여자요?"

"여자. 원어로 너희뿐만 아니라 인기 있는 애들 정보 파는 계정이 있어. 일단 받아 뒀고 조사 부탁해 뒀긴 해."

그러니까 그 정보를 누가 팔았냐는 거다.

원어로 정보를 파는 놈도 누군가에게 들어서 파는 것일 텐데.

"……우리 쪽 스태프들 조사는 다 끝났어요?"

"일단 다 끝나긴 했습니다만."

수환 형은 떨떠름한 표정을 지으며 고개를 저었다.

"저도 조사에 임하긴 했는데 너무 가볍게 물어보고 말았던 터라……. 조사보단 참고인 정도로 생각하는 듯했습니다. 휴대폰 검사 정도는 했는데 그것도 거부하면 건드리지 않는다고 하더라고요."

"……허, 참 나. 이래서 어느 세월에 잡나. 이따구니까 다른 가수들도 사생 포기하고 가잖아요. 강경 대응한다더니 뭘

아이돌

해요?"

주한 형이 책상을 탁 때리며 말했다.

김 실장님도 수환 형도 주한 형도 별스타 속 영상과 정보 팔이상의 빠른 정보 유출로 스태프들을 의심하고 있는 건 같았다.

하지만 최근 크로노스 팀 스태프들의 수가 너무 많이 늘어난 터라 도대체 누구인지 감을 못 잡고 있는 것뿐이지.

난 다시 한번 파랑새에 올라가 있던 사생 영상 캡처본을 보았다.

그리고 내 생각을 말했다.

"혁수 매니저님은요?"

"……저도 의심을 안 해 본 건 아닙니다만…… 늘 휴대폰을 달고 살기도 하고요. 다만 조사할 때 당당하게 휴대폰을 제출했다고 하더라고요."

"음, 보통 이런 꺼림칙한 일 할 땐 휴대폰 따로 두고 하잖아요."

"네, 안 그래도 폰을 하나만 제출했다고 들어서, 사실 검찰에 재조사 요청드려 놓긴 했습니다. 본래 매니저용, 개인용 적어도 두 개 쓰는 건 알고 있던 터라."

"매니저용 폰만 제출한 거예요?"

"네. 결과 나오면 말씀드리겠습니다."

혁수 매니저가 가까운 거리에서 일하기도 하고 만약 조사

했다가 확실히 아니라고 밝혀진다면 괜히 멤버와 사이만 어색해질까 봐 스태프들끼리만 알고 있던 사실이라고 했다.

그날 이후 아티스트 관리 소홀 징계 명목으로 대기 발령 상태가 된 것이 그 이유 때문인 듯하다.

난 내 휴대폰의 캡처본을 내밀었다.

"전에 수환 형한테도 보여 준 건데요. 되게 가까운 곳에서 찍은 영상이라 스태프가 촬영한 것이 아닐까 하고 의심했었거든요. 그래서 말씀드린 거고."

"네."

"그런데 이게 그 여자 별스타 계정이라고 하셨잖아요."

그런데 난 이 영상을 그 여자가 직접 찍은 것이라곤 생각하지 않는다.

우선 몰래 찍은 티가 분명히 나고 있었고 고유준 뺨을 때리거나 무작정 달려들던 그때의 모습을 떠올리면 이렇게 숨어서 찍을 정신이 있을 리도 없다.

"전 이것도 누군가한테 산 영상이라고 생각하거든요. 미성년자가 우리 보겠다고 바로 비행기 타고 오는 걸 보면 경제적 여유도 있는 것 같고 무엇보다 영상 위치가……."

카메라 바로 뒤.

보통 매니저들이 우릴 지켜보고 있는 곳이었다.

직감이 아닌 말로 설명할 수 있는 증거를 찾으려고 몇 번이나 살펴보고 겨우 깨달았다.

"전 혁수 매니저님 같아요. 사생들한테 정보 팔고 하는 거."

"그래, 우리도 네 생각 알 것 같긴 한데 우리도 이번 일은 혁수도 관련 있다고 생각하긴 하거든? 근데 유출을 의심하는 거지 정보 팔고 하는 건 아직 잘 모르겠다. 정보 팔겠다고 전화받은 사람이 여자라고 했어. 걔 외국어도 못해."

김 실장님이 피곤한 얼굴로 마른세수를 했다.

"형사님이 전화해 봤는데 여자가 받았다고 했어. 그쪽도 외국인이고. 그래서 또 잡기 힘들 거라고 하고. 하, 참 나."

"혹시 혁수 매니저님 여자 친구랑 대화 내역도 조사 가능해요?"

고유준의 일로 머리끝까지 화가 난 상태라 눈에 뵈는 것이 없다.

모쪼록 내 분노가 조금이라도 가라앉기 전에 모든 것이 끝나길 바라며, 나는 나올 수 있는 가능성은 전부 꺼내 보기로 했다.

"혁수 여자 친구까지 연관되어 있다고 생각하는 거야? 거기까진 사생활 영역이라 거부하면 조사 안 될-."

"우리도 사생활 영역 침해당한 상황이거든요. 좀 노골적으로 말하면 여자 친구인지 동업자인지 어떻게 알아요?"

"현우야, 좀 진정하-."

"말해 보겠습니다."

날 진정시키려는 김 실장님의 말을 수환 형이 가로챘다.

수환 형의 표정을 보아 내 생각에 완전히 수긍한 모양이었다.

"검찰에 말하겠습니다. 저도 개인적으로 알아볼 거고요."

가만히 나와 실장님, 수환 형의 대화를 듣고 있던 주한 형이 내 등을 두드렸다.

"현우, 수환 형이 말한다고 하니까 일단 진정해. 유준이 때문에 화난 건 알겠는데."

그리고 날 의자에 앉히곤 수환 형에게 단호히 말했다.

"수환 형이든 실장님이든 이 부분에 대해서 일주일 안으로 대답 들었으면 해요."

"네, 알겠습니다."

주한 형은 한숨을 쉬며 일어났다.

"나머지는 회사가 알아서 해 주리라 믿겠습니다. 이 정도로 논의했으면 이제 아티스트 보호에 실수는 없으시겠죠. 저흰 연습하러 갈게요."

주한 형 또한 고유준의 일로 회사와 수환 형에게도 화가 난 상태여서 유독 말투가 냉랭했다.

"곧 저희 컨셉 포토랑 뮤비 촬영이에요. 적어도 그때까진 이 일로 스트레스 안 받고 컨디션 관리할 수 있도록 해 주세요. 수환 형, 형은 믿어요."

주한 형의 말에 수환 형은 씁쓸히 고개를 끄덕였다.

주한 형은 한숨을 쉬며 내 손을 붙잡고 회의실을 빠져나왔다.

정말 이게 무슨 일인지.

컨셉 포토, 뮤비 촬영까지 일주일도 안 남은 지금, 컴백에 온 신경을 쏟아야 할 시간에 회사도 멤버들도 너무나 고생하고 있었다.

사생은 사생, 일은 일.

주한 형과 나 그리고 소속사가 사생 혹은 스토커 일에 대해 얼마나 스트레스를 받든 시간은 흘렀고, 우리의 컴백일은 서서히 다가왔다.

어떤 사건이 일어났다고 해도 크로노스의 일은 소홀히 할 수 없었다.

"현우는 벌써부터 감정 잡고 있는 거야?"

"네? 아…… 죄송―."

"아니야 아니야. 사과하지 마. 좋다고 하는 거야. 딱 그 분위기로 촬영 부탁해."

저번 〈퍼레이드〉 촬영 때도 조명 때문에 컨디션 안 좋았던 걸 딱 이대로가 좋다고 칭찬하시더니 오늘도 그러신다.

오늘은 정규 1집 〈환상령〉 컨셉 포토 촬영 날.

드디어 난 예전부터 염원하던 흑발로 돌아왔다.

이번 크로노스의 콘셉트 메인 컬러는 블랙이 되었는데 난 그에 따라—디자이너 선생님이 말하길 두피를 쉬어 줄 때가 되었다고 했다— 흑발, 반대로 지금까지 흑발을 유지하던 고유준은 애시그레이로 염색했다.

주한 형은 다크블루, 윤찬이도 드디어 빨간색에서 벗어나 흑발이 되었다.

"얘네들은 염색 바꿀 때마다 이미지가 훅훅 달라져서 좋아. 컨셉도 특이해서 사심 채우기 딱 좋다니까."

"그러게요. 이번 컨셉은 저도 궁금하네요. 어떤지. 〈퍼레이드〉 때는 그래도 소년 티 났었는데 이번엔 좀 어른스럽게 나오네요."

감독님의 칭찬에 비주얼 디렉터님이 뿌듯하게 웃으며 이번 콘셉트는 어디에 힘을 줬고 의상은 어떻고 액세서리는 어떤 의미인지 일장연설을 하기 시작했다.

이번에는 의상도 올 블랙.

정장을 입은 멤버들이 있는 한편 나처럼 레이스가 길게 늘어지거나 주한 형처럼 시스루를 입는 사람도 있었다.

확실히 이번 의상은 특이하다.

나만 해도 음산함의 절정.

흑발에 검은 레이스가 달린 의상에 흰색 면사포, 입술도 붉게 칠했고 눈 밑엔 여러 개의 보석들을 붙여 놓았다.

이런 콘셉트 덕분에 고유준은 보석으로 된 페이스 체인을 착용해 여전히 조금 부은 볼을 가릴 수 있었다.

"이거 되게 거슬린다."

고유준이 입 근처에서 달랑거리는 페이스 체인 보석들을 건드리며 말했다.

"누나가 이거 반응 좋으면 무대에서도 착용시킬 거래. 거슬려서 어떻게 춤춰?"

"그거 엄청 거슬려. 보석이 짤랑거리잖아. 얼굴에 계속 맞는다니까."

이전 연말 무대 때 페이스 체인은 아니고 얼굴 가리개를 착용해 봐서 대충 안다.

보기엔 어떨지 몰라도―사실 내가 보기엔 별로 예쁘진 않았지만― 착용하고 춤추는 사람은 굉장히 불편하다.

그때 가위바위보에서 지는 바람에 촬영이 맨 마지막으로 밀린 주한 형의 인터뷰를 따던 크로노스 비하인드 카메라가 우리에게로 다가왔다.

난 카메라가 오기를 기다렸다가 때에 맞춰 말했다.

"저희는 지금 정규 1집 환―."

"정규 1집 〈환상령〉 컨셉 포토 촬영 현장에 와 있습니다. 그렇죠, 현우 씨?"

"아이, 야……."

그거 내가 말하려고 했는데.

비하인드 카메라가 올 때마다 멍 때리거나 장난치거나 하는 장면만 나와서 이번엔 방송인다운 멘트 한번 쳐 보겠다고 차로 이동할 때부터 말했었는데.

고유준은 차마 성질도 못 내고 눈신호만 보내는 날 얄밉게 쳐다보곤 또 특유의 웃음소리를 내며 깔깔거렸다.

얼마나 입을 벌리고 웃었으면 페이스체인의 끝부분이 입으로 들어갈 정도일까.

"웃기냐?"

난 철딱서니 없는 고유준을 보며 혀를 차고 일어났다.

"현우 씨, 촬영 들어갈게요."

"네."

가위바위보로 순서를 정한 만큼 오늘의 첫 번째 순서는 나였다.

"거기에 무릎 꿇고, 기도하는 자세. 표정. 게슴츠레 카메라를 봐."

난 감독님이 지시하는 대로 무릎을 꿇고 기도하듯 손을 모았다.

"턱 들고, 겸손한 자세와 그렇지 못한 표정, 섹시하게. 더! 섹시이!"

웃으면 안 돼. 웃으면 안 돼. 속으로 계속 주문을 걸며 꾹 참고 지시를 따라 보려 노력했다. 하지만 계속해서 섹시를 강조하시는 목소리에 결국 웃어 버렸고 계속 피식거리는 바람에 참느라 고생하며 겨우 마무리할 수 있었다.

나뿐만 아닌 모든 멤버들이 다 한 번씩은 웃음이 터졌다고 한다.

다음은 두 명, 세 명씩 촬영.

듣자 하니 이번 〈환상령〉으로 드러나는 크로노스 세계관 스토리에서는 내가 진성이가 아닌 고유준과 연관된다고 한다.

그래서 이번엔 진성이가 아닌 고유준과 페어 촬영을 하게 되었다.

여전히 우린 신인인지라 다른 건 몰라도 촬영 중에 장난을 칠 수는 없으니 나나 고유준이나 모처럼 진지하게 촬영에 임했으나, 우린 진지할 수 없다는 게 문제라면 문제였다.

고유준이 자꾸 진지한 내 모습을 가까이 보는 게 웃긴다며 웃음이 터지는 바람에 원래 예정되었던 시간보다 훨씬 딜레이가 이루어졌다.

콘셉트는 대부분 내가 고유준을 아래로 떨어트린다거나 앵글의 양 사이드에 앉아 정면을 바라보는 고유준을 나 혼자 쳐다본다거나 하는 의미심장한 컷들이었다.

어두컴컴한 밤이 되었다.

우린 1차 촬영을 마친 뒤 밤이 되길 기다렸다 각자 서로 다른 촬영 장소로 찢어지게 되었다.

의상도 바꿔 입었는데 이번 의상은 〈퍼레이드〉, 〈즐거울 락〉에서 입었던 또 그 러플셔츠였다.

"머리가 검어진 게 옥에 티긴 하다. 뮤비적 허용으로 어쩔 수 없지 뭐."

감독님이 아쉽다는 듯 내 머리카락을 만지작거리며 말했다.

"현우야, 이번 촬영으로 그 의상이랑도 바바이 해야 해. 오래도 입었다. 그지?"

"바바이 아닐걸요. 제 생각엔 이거 누나들이 보관하고 있다가 나중에 콘서트나 팬미팅 같은 데서 입힐 것 같아요, 추억 되살리겠다고."

난 감독님과 간단히 대화를 나누고 촬영을 시작했다.

이제 지겨울 정도로 입었던 이 의상을 또 입은 이유는 뮤직비디오로 풀릴 떡밥에 대한 역대급 스포를 컨셉 포토로 남겨야 하기 때문이었다.

늘 파스텔빛 조명과 침대가 있던 세트장에서만 입었던 러플 셔츠를 입고 나온 곳은 〈즐거울 락〉 촬영지인 학교 운동장.

현대의 장소에 판타지 세계의 의상이라니 뭔가 어울리지 않지만, 이게 포인트다.

마치 판타지 세계에 갇혔던 내가 현실로 돌아온 것을 알려주듯 운동장 한가운데에서.

"촬영 시작할게요."

감독님의 말과 함께 난 감정 없는 얼굴로 손에 쥐고 있던 것들을 후두둑 떨어트렸다.

"다시 한번."

"네."

감독님의 지시에 땅에 떨어진 것들을 집어 한번 더 떨어트렸다.

"아, 생각보다 이름이 잘 안 나오네. 다시 한 번만 더."

"네."

내 손에서 떨어져 나온 것들을 다시 한번 집어 떨어트리길 반복했다.

내 손에서 떨어지는 건 다름 아닌 이름표.

고유준, 박윤찬, 이진성 셋의 학교 교복에 달려 있던 명찰이었다.

단 세 명의 명찰뿐, 나와 주한 형의 이름표는 없다.

난 그걸 계속해서 무표정하게 떨어트렸다.

그게 이번 〈환상령〉 스토리의 가장 큰 스포일러다.

"오케이! 완벽해. 우리 현우, 연기 실력 늘었네?"

"하하, 감사합니다."

"현우 촬영은 끝. 다른 멤버들 끝날 때까지 쉬어도 돼요."

감독님의 허락이 떨어지자 난 그나마 가까운 곳에서 촬영 중인 진성이에게로 향했다.

내가 운동장에서 촬영했다면 진성이는 학교 안, 우리의 동아리실로 썼던 교실에서 촬영 중이었다.

"진성이 촬영 끝나 가요?"

내가 조용히 교실로 들어가며 이곳에서 대기 중이던 수환 형에게 묻자 수환 형은 말없이 고개를 저으며 조용하라는 듯 검지를 입에 가져다 댔다.

난 고개를 끄덕이고 촬영하는 진성이를 지켜보았다.

다들 조용히 진성이의 모습만 보는 걸 보면 이제 겨우 감정을 잡고 촬영에 임하게 된 모양이었다.

진성이는 교복을 입고 있었다.

역광 속에서 교복을 입고 판타지 세계관에서 쓰던 모자를 손에 든 채 감회가 새로운 듯 창밖을 바라보고 있었다.

확실히 어려운 감정을 연기하고 있긴 하다.

기쁜 건지 씁쓸한 건지 속 시원한 건지 잘 모르겠는 복잡한 표정이었다.

그걸 감독님은 '퇴사한 직장인의 표정'이라고 표현하셨다.

아마 그 표현 때문에 진성이가 감정을 못 잡은 게 아닌가 싶다.

"다른 멤버들은 세트장에 있어요?"

"네, 김 실장님께서 직접 케어하고 계세요. 주한 씨는 위에 계시고."

"아……."

이 회사에 믿을 만한 사람 없다고 김 실장님이 거의 20년 만에 다시 매니저 역을 하고 계시는 중이다.

"수환 형 불편하시겠다."

"아뇨. 많이 배우고 있습니다."

표정은 불편하신 것 같긴 하지만, 어쨌든.

"주한 형은요?"

"옥상에서 촬영 중입니다. 보러 가실래요? 해리 씨랑 같이 있는데."

"네."

수환 형은 날 주한 형이 있는 곳으로 데려다주었다.

주한 형의 촬영 장소는 옥상.

주한 형도 나와 마찬가지로 판타지 세계관 스토리 촬영을 할 때 입었던 의상을 입고 있었다.

나는 명찰, 진성이는 모자였다면 주한 형은 시계.

지난 촬영에서 윤찬이가 들고 있던 회중시계를 소중하게 꽉 쥐고 있었다.

슬픈 표정을 지으며 옥상에 서서 허공을 보고 있었다.

굉장히 불안하고 슬퍼 보였다.

이 세계관에서의 우린 무엇이 바뀐 것일까?

지난 앨범의 콘셉트와 정반대의 상황이 된 것만 같은 모습이었다.

확실히 말해서, 난 YMM이 싫다.

애초에 과거로 돌아왔음에도 줄곧 이 회사에 있는 건 회사가 좋아서가 아니다.

그저 그때 그 멤버들과 함께하고 싶은 마음 그거 하나 때문이었고 소속사에 대한 기대치는 한없이 낮았다.

이제 와서 새삼스러운 말일지도 모르나 오늘 다시 한번 뼈저리게 느꼈다.

YMM이 싫다.

회사의 이미지와 타격을 걱정해 아티스트에 대한 대처도 보호도 제대로 해 주지 않는 곳이니까.

내가 화상으로 일을 못하게 되었을 때도 회사에 짐 덩어리는 두기도 싫다는 듯 내보내 버렸고 지금도, YMM이 사원 관리를 제대로 하지 못해 아티스트의 곁에 개인 정보 유출범을 뒀다는 이야기를 들을까 대응을 어영부영하고 있었다.

내가 혁수 씨에 대한 의문을 제기한 지 일주일째, 이미 그가 범인이라는 건 밝혀졌는데도 말이다.

"현재 이런 상황입니다. 죄송합니다."

혁수 씨의 조사 결과에 대해 말을 끝낸 수환 형이 고개를 숙였다.

주한 형은 표정 없이 고개를 저었다.

"형이 미안할 것 없다니까. 미안해할 건 다른 사람들이죠."

우리를 대표해 유일하게 싸워 주는 사람은 수환 형 하나. 김 실장님은 중간에 껴서 난감해하는 눈치고, 회사 측에선 혁수 씨에 대한 대처는 하되 이를 조용히 넘기고 싶어 했다.

조용히 넘기고 싶어서, 혁수 씨가 유출했던 정보가 내려가고 사생에 대한 고리들의 예민함이 조금이나마 식었을 때 대응하려 일부러 시간을 끌고 있었다.

난 그게 너무 화가 난다.

"YMM은 원래 이런 회사였죠."

"죄송합니다."

수환 형한테 사과받으면 뭐 해. 이 사람은 원래도 더 해 주지 못해서 미안해하는 사람인데.

나는 한숨을 쉬며 고개를 젓고 일어났다.

"준비하러 갈게요."

그나마 다행이라 할 것은 느릿한 대처에 비해 이사는 매우 빨리 할 수 있었다는 것. 생색이란 생색은 다 낸 만큼 경비가 잘되는 좋은 숙소라는 것, 그것뿐이었다.

이게 아직 시스템이 갖추어지지 않은 중소 기획사에 소속된 우리들의 현실이다.

오늘은 〈환상령〉 뮤직비디오 촬영일, 내일모레면 〈비갠 뒤 어게인〉 첫 방송 날이다.

'그냥 설레기만 하고 싶었는데.'

인생은 언제나 나쁜 일과 함께하는 법이다.

그러나 이렇게 가만히 기다리고 있을 생각은 없다.

"다들 오늘 컨디션은 어때? 역시 좋은 숙소에서 지내니까 애들 얼굴이 폈네!"

우리들의 사정을 자세히 모르는 감독님께서는 얼마 전 기사로 나온 크로노스의 새로운 호화 숙소에 대해 언급하며 활발히 말을 걸어왔다.

"아, 너무 좋아요. 침대도 바꿨는데 대표님이 웬일로 브랜드 매트리스를 사 주셔 가지고 아주, 크으…….."

"크로노스가 벌어다 주는 돈이 얼만데! 그 정도는 해 줘야지, 안 그래? 좋겠다. 거기 한강뷰 아냐?"

"아쉽게도 저희는 아니에요. 저흰 아파트뷰……. 하이텐션은 한강뷰인데 그렇게 좋대요."

고유준이 살갑게 감독님과 대화를 이어 나갔다.

불과 몇 분 전 수환 형에게서 혁수 씨에 대한 이야기를 전달받은 나와 주한 형으로선 고유준이 특유의 사교성으로 대화를 이어 나가 주는 게 정말 고마운 일이다.

"그럼 슬슬 시작할까?"

감독님의 지시 아래 스태프와 멤버 들이 일사불란하게 움직였다.

누군가는 또다시 이 세계관의 시작점이었던 학교로, 누군가는 판타지 세계관을 구현해 놓은 세트장으로 이동했다.

"현우, A 세트장으로."

"네."

오늘 나의 첫 촬영지는 A 세트장.

〈퍼레이드〉 때 진성이가 서 있던 파스텔 톤의 꽃밭이었다.

진성이가 섰던 자리에 내가 서있다.

진성이가 쓰던 지팡이를 짚고 꽃밭의 한가운데서 진성이가 그랬듯 카메라를 정면으로 바라보는 신이었다.

같은 세트장에 달라진 것이 있다면 파스텔 톤의 배경은 컴컴한 밤이 되었고 화려하던 분홍색, 보라색 꽃들은 한층 쓸쓸하고 고독한 분위기를 내며 밤의 배경 속에서 흩날리고 있다는 점이다.

거기다 검은 셔츠, 검은 바지, 거기에 어울리지 않는 연분

홍 장미 브로치. 브로치는 진성이가 달고 있던 것이던가.

"현우는 무표정으로 카메라만 보고 있어. 촬영 시작합니다! 큐!"

감독님의 사인과 함께 〈환상령〉의 도입부가 재생되었다.

난 한 손은 지팡이를 앞으로 짚고 한 손을 뒷짐 진 채 카메라를 바라보았다.

어쨌든 뭔가 음산하고 수상한 분위기가 풍기도록.

최대한 눈도 깜빡이지 않고 그렇게 1분 정도 있으니 곧바로 오케이 사인이 떨어졌다.

주인공인 것치고 오늘 나의 촬영은 매우 편하다.

대부분 세트장에서 분위기나 잡는 게 다고 밤에 잠깐 학교에 들르면 된다고 한다.

오히려 고생하는 쪽은 현대 팀으로 불리는 고유준과 윤찬이. 특히 윤찬이는 추격 신 맞먹을 정도로 온종일 달린다고 했다.

아니, 추격 신과 맞먹는 게 아니고 그냥 추격 신인가?

아무튼 윤찬이는 "운동이라고 생각하면 즐겁지 않을까 싶어서, 괜찮아요!"라며 특유의 긍정적인 마인드로 빡센 촬영에 임하고 있다.

난 그 외에도 세트장을 옮겨 원래 내가 있던 세트장 안, 주한 형이 있던 피아노 세트장 안을 둘러보는 신, 진성이와 서로 마주 보는 신 등을 촬영했다.

촬영한 세트장 모두 이전과는 달리 모두 어두컴컴해서 소품 하나 망가진 것 없어도 무너져 내리는 듯한 느낌이 들었다.

"현우는 잠시 휴식! 진성이 촬영 이어 갈게요!"

딱히 감독님이 우리에게 연기력을 바라지는 않았고 연기를 하고 있다 느낄 곳도 없기 때문에 촬영은 금방금방 넘어갔다.

내 촬영분의 일부가 끝나고 같은 세트장을 공유하는 진성이가 촬영을 이어 나가는 동안 난 잠깐 바깥공기도 쐴 겸 수환 형과 함께 다른 촬영지 학교로 향했다.

어두컴컴한 배경을 두고 그만큼 파스텔 꽃잎들이 더욱 아름답게 빛나야 한다고 조명을 있는 대로 가져다 두다 보니 세트장에 있는 것 자체가 별로 기분 좋지 않았다.

"고유준은 조금 있다가 세트장으로 넘어온다고 했었죠?"

"네, 지금은 한참 촬영하고 있고 해가 지면 세트장으로 넘어올 거예요."

누가 낮과 밤의 어디에 있는가에 대한 연출이 제일 중요한 뮤직비디오라고 했다.

지난 〈퍼레이드〉 뮤직비디오의 끝부분에서 고유준이 이미 판타지 세계관으로 넘어왔다는 연출이 있었기 때문에 고유준은 어떤 일로 인해 넘어왔는지만 촬영하고 곧바로 세트장으로 넘어갈 것이다.

거의 마지막까지 현대 팀으로 촬영하는 건 윤찬이.

지금쯤 학교 건물 내에서 땀나도록 달리고 있겠지.

"어, 왔냐?"

고유준이 촬영 중인 곳은 동아리실로 사용하던 교실이었다.

촬영하고 있을 줄 알았더니 타이밍 잘 맞춰 쉬는 시간에 온 모양이다. 고유준은 감독님의 지시에 따라 칠판에 무언가를 끄적이고 있었다.

He betrayed us

우리 뮤비 감독님 특유의 연출, 의미심장한 영어 문장 남기기다.

난 수환 형과 함께 제작진에게 커피를 돌리고 고유준에게 다가갔다.

고유준이 쓴 글씨는 묘하게 갈수록 작아지고 거기다 중심 없이 왼쪽으로 쏠려 있었다.

"네가 쓰는 거야?"

"어, 감독님이 내가 쓰래. 글씨 너무 좀 그런가?"

고유준은 썼다 지웠다 썼다 지우기를 반복하며 고개를 갸웃거렸다.

"와, 나 글씨 진짜 너무 못 쓴다……. 서현우 씨, 당신이

써 주실?"

"내가?"

고유준이 분필을 건네주었다. 하지만 고유준의 옆에서 영어를 끄적이는 도중 꼭 고유준의 글씨로 해야 한다는 감독님의 불호령에 곧 머쓱하게 물러나야만 했다.

곧 고유준의 촬영이 시작되었다.

고유준은 이미 써 놓은 글씨 위로 분필을 가져다 댄 채 쓰는 척하고 여러모로 복잡한 표정을 한 채 뒤돌았다.

햇살이 들어오는 따뜻한 동아리실, 그러나 텅 빈 공간.

이전 다섯 명이서 화기애애하게 웃고 떠들던 곳인데 지금은 고유준 혼자 빈 교실을 둘러보았다.

그러곤 다 같이 고개를 내밀었던 창가에 얼굴도 내밀어 보다 천천히 동아리실을 나섰다.

"컷! 뒤에 크로마키 깔고 다시 한번."

"네!"

감독님의 지시에 창문 뒤로 초록색 천이 깔렸다. 그리고 고유준은 같은 장면을 한번 더 찍었다.

아까 설명을 들은 바로는 고유준이 판타지 세계관으로 넘어가는 장면이라고 하던데 뮤비에는 두 번의 촬영분을 자연스럽게 섞어서 판타지스러운 장면으로 보일 것이다.

윤찬이가 촬영하는 모습도 보려고 했는데 윤찬이는 뛰어서 도로까지 나간 모양이라 보러 갈 수 없었다.

"컷! 오케이! 고생했어요! 유준 씨, 세트장으로 이동하시면 됩니다!"

그래도 혼자 노는 것보다는 둘이 노는 게 낫다고 여기에 있는 게 훨씬 덜 심심해 한참이나 고유준의 촬영을 지켜보고 있었다.

그러자 학교의 복도는 슬슬 어두워지기 시작했고 고유준의 촬영은 끝이 났다.

밤이 되자 각자의 촬영 장소가 바뀌었다.

주한 형, 진성이, 그리고 내 촬영은 학교에서, 고유준은 세트장으로, 윤찬이는 차에서 조금 쉬다가 또 달린다고 한다.

주한 형과 진성이는 학교에 도착하자마자 자연스럽게 나에게 다가왔다.

"윤찬이 엄청 고생한다는 거 같더라. 오늘 끝나고 고기라도 먹여야 하는 거 아닌가 몰라."

"안 그래도 윤찬이 형한테 괜찮냐고 물어봤어. 재밌다던데?"

진성이의 말에 고개를 저었다.

"너는 그걸 믿냐? 하루 종일 뛰면 너도 지쳐. 좀 있다 소고기 사 가자……. 물론 결제는 주한 형이죠? 사랑해요, 형."

내가 비하인드 카메라를 의식하며 장난치자 주한 형은 피식 웃곤 고개를 저었다.

"수환 형 법인 카드 있어, 현우야. 마음껏 긁자고. 회사에서 우리 속도 긁어 댔는데."

웃기게도 카메라에 대고 대놓고 회사 욕을 하고 있는데 어째 카메라맨도, 수환 형도, 우리 쪽 스태프 모두 즐겁게 웃고 있었다.

다들 우리 회사가 쓰레기 같다는 거에 동의하시는 건가 싶기도 하고.

"촬영 시작하겠습니다!"

아무튼 밤의 촬영이 시작되었다.

잠시 모였던 우리는 다시 제각각 촬영 장소로 흩어졌다.

진성이가 주한 형을 스쳐 지나갈 때, 주한 형이 진성이와 나의 어깨에 손을 올린 채 말했다.

"지난번과 같은 해프닝이 있다면 언제든 형한테 말해 주렴."

"……형."

"형은 기가 센 모양이야. 눈 씻고 봐도 안 보이더라, 짜증 나게."

이 학교, 그러고 보니 저번 촬영 때 온갖 이상한 현상들이 있었지, 심령현상 같은.

주한 형의 말에 진성이가 사색이 되었다.

"참, 저 형은 진짜."

난 씨익 웃으며 가는 주한 형을 노려보고 진성이를 달랬다.

"진성아, 괜찮아. 귀신은 너를 못 만져. 그런 시스템이야."

"혀엉…… 그건, 그건 귀신의 집 이야기잖아……. 여기서 보면 끝장 아니야……?"

진성이가 울상이 되어 말했다.

"어…… 맞네."

딱 귀신의 집 정도로 생각했던 터라.

딱히 할 말이 없었다.

"아무튼 힘내라, 야. 파이팅."

어쨌든 진성이는 덩치에 비해 기가 약하고 겁이 많아서 별 것 아닌 것도 귀신으로 보는 경우가 많은 모양이니까.

하지만 촬영 도중 귀신과 조우해 잘못된 연예인에 대해선 들은 적 없으니까 그냥 대박의 징조 정도로 가볍게 생각해도……

"형, 미워. 형들 진짜 미워."

"어?"

진성이는 괜한 것을 들었다는 듯 울상이 되어 수환 형을 끌고 자신의 촬영장으로 향했다.

"이건 내가 이상한 게 아니고 형들이 이상한 거야. 어떻게 저렇게 겁이 없어? 짜증 나."

난 멀어져 가는 진성이를 바라보다 어깨를 으쓱이고 해리 누나에게로 향했다.

어쨌든 촬영이 재개되었다.

밤의 촬영.

내 장면은 모두가 사라진 동아리실의 문을 여는 것으로 시작되었다.

드르륵.

문을 열고 교실로 들어가자 고유준이 열어 둔 창문으로 때마침 바람이 들어왔다.

난 입구에 멈춰 선 채 주위를 둘러보다 천천히 걸음을 내디뎠다.

"……."

공허하기 짝이 없는 공간.

창문 틈으로 들어오는 바람 소리와 별 하나 보이지 않는 서울 하늘까지 무언가 쓸쓸한 기분이었다.

교복을 입고 친구들과 왁자지껄 즐거워하던 〈즐거울 락〉의 서현우는 〈환상령〉에 와선 검은 셔츠와 분홍 꽃 브로치를 단 채 웃음기 하나 없이 책상을 쓸고 홀로 의자에 털썩 앉았다.

"하아……."

그러곤 한숨을 푹 쉬었다.

"고개 돌려서 칠판 문구 보자."

감독님의 조용한 신호에 맞춰 난 고개를 돌려 칠판을 보았다.

He betrayed us

칠판엔 아까 전 고유준이 적어 둔 문구가 그대로 적혀 있었다.

"……."

"둘, 셋, 좋아, 잘한다. 이제 일어나서 천천히 칠판으로 다가가."

감독님의 지시에 천천히 일어나 문구가 적힌 칠판으로 향했다.

정말 다행인 것이 〈즐거울 락〉과는 다르게 내가 입이라도 여는 일이 하나도 없었다.

유도하지도 않았는데 바람도 분위기를 잘 잡을 수 있도록 적절히 불어 주었고, 스태프들도 내가 잘 집중할 수 있도록 감독님 외에는 입을 열지 않았다.

덕분에 그나마 어색함 없이 연기가 가능했다.

난 칠판 앞에서 여러모로 복잡한 표정을 지었다.

슬픔인지, 허무함인지, 씁쓸함인지, 혹은 죄책감인지 모를 얼굴로 소중하게 고유준의 흔적을 바라보았다.

이것마저 지우면 이 세계에서 고유준의 흔적은 모두 사라진다.

촬영에 임하기 전 몰입을 위해 작가님이 써 두신 내 독백을 떠올리며 칠판지우개를 들고 망설이다 또 망설이다 천천히, 그러나 단호히 문구를 지워 버렸다.

이로써 찬란했던 우리들의 추억은 완전히 사라져 버렸다. 이것으로 끝이었다. 이것으로, 이것으로……

또 하나의 독백을 떠올리자 머릿속에 떠오르는 〈즐거울락〉 뮤직비디오에서의 모습들.

행복하기만 했던 장면들이었는데 결국 이 스토리에서의 우리는 이렇게 되어 버렸구나.

그저 지시대로 따른다고 생각했는데 세 편의 뮤직비디오를 촬영하며 과하게 몰입해 버린 모양이다.

아니면 스토리가 아닌 추억을 버릴 수밖에 없었던 진짜 나를 빗댄 걸지도 모른다.

"아."

툭 떨어지는 눈물에 어쩔 줄 모르며 고개를 떨궈 지우개만 바라보고 있을 때.

"이야! 오케이!"

역시 감독님은 내가 기분이 안 좋을 때 최고로 만족하시는 모양이다.

곧바로 오케이 사인이 떨어졌다.

"울어 줄 거라곤 생각 못 했는데. 역시 현우 연기 실력이 늘었네?"

감독님이 엄지까지 추켜들며 말하자 어느새 구경하러 온 윤찬이가 보람차게 웃으며 고개를 끄덕였다.

"형, 진짜 잘했어요!"

"그래? 고, 고마워……."

난 연기인 척 눈물을 닦고 윤찬이의 곁으로 향했다.

윤찬이는 이제 달리기를 마친 듯 조금 지친 얼굴이었다.

"오늘 얼마나 달렸어?"

"어음, 엄청요. 거의 하루 종일 달렸는데 또 달려야 할지도 모른다고 해요……. 아, 힘든 건 아니에요."

"정말 착하다, 윤찬이. 그래도 힘들면 힘들다고 말해도 돼."

하루 종일 뛰었는데 안 힘들기는.

난 윤찬이 머리를 쓰다듬어 주곤 다음 촬영 장소로 이동했다.

다음 촬영은 운동장.

컨셉 포토 촬영을 하러도 왔던 그곳이었다.

그때와 마찬가지로 난 또 멤버들의 이름표를 들고 서 있다.

운동장 한편에 마련된 드럼통엔 불이 피어올랐고 그걸 보고 있는 내 모습을 옥상에서 주한 형이 바라보고 있었다.

'고유준', '이진성', '박윤찬'.

세 사람의 이름표를 멍한 표정으로 불에 태워 버리고 옥상에 있는 주한 형을 바라본다.

세계관 속 형제인 우리에겐 지금 평생 묻어 버릴 비밀 하나가 생겼다.

……까지가 끝.

"컷! 현우는 끝났어요! 내일 단체 안무 때 봐요!"

"수고하셨습니다!"

"고생하셨습니다!"

내 오늘 촬영분은 여기서 마무리되었다.

"고생하셨어요."

진성이한테 끌려갔던 수환 형이 딱 끝날 타이밍에 나타나 음료수를 건네주었다.

난 씨익 웃으며 음료수를 건네받고 학교 건물 안으로 향했다.

"형도 오늘 정신없죠?"

"그렇네요. 로드 매니저가 없는 상황이라……."

해도 졌고 바람이 차가운데도 수환 형의 이마엔 땀이 맺혀 있었다.

김 실장님이 중간에 회사로부터 호출받고 돌아간 뒤 수환 형 혼자 이리저리 뛰며 멤버들을 케어하고 있었다.

다행히 스태프들이 수환 형을 도와 함께 있는 멤버들을 케어해 주곤 있지만……. 한창 바쁠 때 일어난 사건이라 혁수 매니저를 대신할 인력이 부족한 상황이었다.

"……우리, 로드 매니저 새로 안 뽑아요?"

"지금 뽑고 있…… 하아……."

우리도 우리지만 우리만큼 답답한 사람은 수환 형일 것이다.

우리가 숙소를 옮긴 이후에도 고리들은 본질을 흐리지 말자며 끊임없이 사생을 잡으라 요구하고 있었다.

아이돌에게 사생은 떼어 놓을 수 없는 부분이지만 최근 숙소 침입, 멤버에게 접근 등 직접적으로 피해를 받고 있기 때문에 아마 해결될 때까지 요구는 멈추지 않을 것이다.

고리들끼리 연합해 성명서도 냈다.

하지만 역시나 우리 회사는 아직 묵묵부답으로 일관하고 있는 터라…….

이건 내 생각이지만 주먹구구식의 중소 기획사답게 지금은 책임 돌리기 중인 듯하다.

난 휴대폰을 켰다 껐다 반복하며 말했다.

"혁수 매니저님 아직 정리 안 됐죠?"

"출근을 못 해서 해고나 다름없긴 하지만 아직 해고되진 않았습니다."

"기사 날까 봐요?"

"네, 답답하네요."

"아직도 팩스, 메일 테러 오고 있어요?"

"네."

혁수 매니저는 해고가 확정되었다. 그러나 아직 해고되지 않았다.

한참 사생이나 개인 정보 유출 문제로 혹시 내부에 유출자가 있는 것이 아닌가 다수의 대중이 의문을 가지고 관심을 두고 있는 상황.

이런 때에 신입 매니저 하나가 갑자기 해고된다면 가장 가까운 곳에 개인 정보 유출자를 둘 정도로 허술한 관리가 이루어진다며 지금보다 더한 욕을 먹을 것이 뻔하다.

그런 이유로 혁수 매니저의 해고는 계속해서 보류되는 중이다.

"흐음…… 답답하다."

매번 회사의 안전을 최대로 생각하는 방식이 너무 답답하다.

난 잠시 멍하게 있다 휴대폰 주소록을 켜 하이텐션 지혁 형을 찾았다.

-형, 바빠? 나 물어볼 거 있는데 연락 가능해?

그러자 얼마 기다리지도 않아 칼답이 돌아왔다.

-언제 연락할까? 지금? 무슨 일이야?

바쁜 사람이 답장은 또 어떻게 이렇게 빨리한대?

-아, 미안 지금은 촬영 중이라 조금 있다가. 이렇게 빨리 답 줄지 몰랐어. 내가 연락할게.
-온세 일로 연락한 거야?

온세? 온세는 갑자기 왜?

-? 아니. 다른 일로. 온세 일은 뭐야? 조금 있다 말해 줘.
-○○ 대충 뭐 일인데?

난 지혁 형에게 간단히 답문을 적었다.
이대로는 또 한참 동안 우리만 답답하고 유야무야 버티다 조용히 마무리될 뿐이다.
매번 우리만 피해 보고 별것 없이 끝날 것이다. 그 대표적인 예로 지금 수환 형을 제외하곤 일이 어떻게 진행되고 있는지 구체적으로 알려 주는 사람이 없지 않은가.
하지만 개인 정보도 유출되고 무엇보다 고유준이 맞기까

지 했는데.

언제나처럼 신인이라고 참고 있는 것도 선이 있지, 멤버 모두 불러 모아서 브리핑해도 모자랄 시간에.

그래서 난 평소라면 절대 하지 않을 초강수를 둬 보기로 했다.

-별건 아니고. 컴백 취소 손해가 얼마나 되는지 알고 싶어서.

혹시라도 공든 탑 무너져 내릴까 회사의 이미지에 손실이 올까 계산하느라 애쓰시는 윗분들에게 빠른 결정 내리시라고 도움 좀 드릴 생각이다.

Chapter 13.
정규 1집 (3)

크로노스가 〈비갠 뒤 어게인〉의 촬영을 마무리한 지 꽤 오랜 시간이 지났다.

촬영 당시 서현우의 실신 등 여러모로 말 많고 탈 많던 〈비 갠 뒤 어게인〉이었지만 어쨌든 명실상부한 대한민국 최고의 음악 예능이다.

상세히 나온 첫 방송 일정과 예고편, 선공개 영상, 그리고 촬영 때부터 조금씩 나오던 목격담과 직캠 영상, 무엇보다 마지막 공연이었던 페스티벌의 규모가 꽤나 컸던 터라 고리 들뿐만 아니라 대중의 기대까지 올라간 상황.

오랜 기다림 끝에 드디어 첫 방송이 방영되었다.

대망의 첫 방송.

첫 시작은 레나와 다른 출연진의 출국 준비 영상이었다.

다들 캐리어에 무엇을 넣는지 어떤 옷을 가지고 가는지 하나하나 보여 주며 출국의 설렘을 전해 주는 내용.

물론 베테랑 출연진답게 짐을 싸는 그 모습만으로도 재밌게 분량을 뽑아 주었다.

하지만 방송을 보는 고리들의 표정은 점점 지루함으로 바뀌어 가고 있었다.

다들 하하호호 즐겁게 출국 준비를 하는데 크로노스만 나오지 않았다.

고리들의 관심사는 오직 크로노스뿐, 사실 워낙 기사나 선공개 영상, 직캠 등으로 크로노스, 레나가 국뽕을 거하게 채워 준 덕분에 대중의 관심도 크로노스, 레나뿐이었다.

그런데 지금까지 줄곧 매니저 팀의 모습만 나오고 아티스트 팀은 목소리 한번 나오지 않다니!

'도대체 크로노스는 언제 나와!'

그러나 1시간짜리 방송의 무려 반절이 지나도록 크로노스의 분량은 없었고 각 SNS에 이에 대한 불만이 터져 나오고 있었다.

그렇게 온종일 레나 팀의 출국 준비, 미팅, 캘리아와의 만남을 준비하는 모습만을 보여 주던 〈비갠 뒤 어게인〉은 방영한 지 40분이 지나고 나서야 드디어 크로노스의 모습을 보여 주었다.

방송 끝 무렵에 주인공처럼 등장한 크로노스의 첫 장면은.

—면허 따는 거 쉽던데? 몰라. 암튼 금방 따. 형도 얼른 따.
—번듯한 너희들이 있는데 내가 왜?

면허를 땄다며 거들먹거들먹 자랑하는 고유준과, 동생들에게 운전을 맡기겠다는 강주한의 TMI 토크였다.

그 뒤로 면허 딴 걸 부러워하는 이진성과 고소공포증으로 긴장한 서현우의 모습을 차례로 보여 주었다.

분명 촬영 당시만 해도 서현우의 급격한 컨디션 다운으로 꽤 좋지 않은 분위기였는데 방송에선 긴장한 서현우의 모습마저 자막 등으로 귀엽게 포장되어 있었다.

이제 좀 크로노스를 집중 조명해 주려나?

고릿들은 떠들썩한 멤버들의 대화를 소중히 지켜보며 저들도 모르게 미소 지었다.

오랜만에 보는 편안한 모습들과 그들을 한층 귀엽게 만들어 주는 브금, 그리고 자막, 한껏 띄워 주는 소개 영상.

고릿들의 미소엔 멤버들의 모습이 보기 좋은 것과 더불어 기대감도 함께 스며들어 있었다.

그러나 사전 준비까지 확실히 분량을 챙겨 보여 주던 다른 출연진과는 달리 크로노스의 한국 분량은 이것이 전부였다.

"아니! 분량 진짜! 와……."

이를 보고 있는 김고리는 너무 기가 차서 말도 안 나왔다.

차 안에서 잠깐 대화를 나누는 장면, 공항에 도착해 기자진 앞에 서는 장면 이후 또 크로노스의 장면이 뚝 끊기더니 레나의 공항 도착 장면으로 전환되었다.

그나마도 계속 이야기를 나누던 고유준, 강주한, 이진성을 제외하고 뒷좌석에 있던 서현우, 박윤찬의 얼굴은 거의 보여 주지 않은 상태였다.

"와, 이거 너무한 거 아냐? 와이 씨!"

"시끄러!"

언니의 타박에도 김고리는 화면에 삿대질하며 안고 있던 쿠션을 던져 버렸다.

"크로노스로 광고는 오지게 때리더니 분량 무슨 일? 뒤질라고 진짜!"

김고리가 씩씩거리며 시간을 확인했다. 편성표대로라면 지금부터 풀로 크로노스 분량만 나와도 8분도 안 될 텐데!

이런 게 어딨어!

소리를 박박 지르며 온갖 욕을 하는 김고리의 옆에서 참다 못한 그의 언니가 그보다 더 크게 소리를 질렀다.

"닥치라고, 새끼야!"

"아니……! 아, 진짜!"

"뇌 빼놓고 다니냐? 편성표도 제대로 안 보고? 네가 그러고도 진정한 고리야? 2편 연속 방영이라고, ×신아."

"……아?"

"그리고 원래 〈비갠 뒤 어게인〉 1화는 이런 식이야. 매니저 팀 사전 준비 분량부터 크게 보여 주고 아티스트 소개하고 끝이라고."

물론 크로노스의 한국 분량이 적은 것은 그보단 서현우의 컨디션 불량을 가리기 위함이 컸지만 그 사실을 고리들이 알 수 있을 리 없었다. 그나마 다행인 것은 1회의 끝 무렵엔 온전히 크로노스의 분량이 나왔다는 것이다.

크로노스는 기나긴 비행시간에 무엇을 할까?

분홍색의 화사한 자막과 함께 비행기 안에서의 멤버들이 모습을 드러냈다.

"현우 많이 피곤했던 모양이다……. 아이고."

김고리의 입에서 탄식이 쏟아졌다.

서현우는 비행기를 타자마자 완전히 잠이 들었고, 곁에 있던 박윤찬은 크로노스의 자타 공인 천사답게 서현우가 자는 동안에도 담요를 덮어 주고 큰 소리로 말하는 이진성을 조용히 시키는 등 살뜰히 형을 챙겨 주었다.

앞좌석에서 강주한과 고유준이 무슨 대화를 나누고 있었는데, 오디오에 잡히지 않았다며 아쉬워하는 편집자의 자막과 함께 모습만 보여 주고 넘어갔다.

다들 각자의 일을 하느라 바빠, 카메라에 말을 걸어 주는 멤버는 매니저 이수환과 함께 있는 이진성뿐이었다.

〈비갠 뒤 어게인〉의 1화는 멤버 모두를 비춰 준 뒤 쓸데없이 창밖 하늘을 보여 주며 '내일은 어떤 일이 일어날까?'라는 자막과 함께 끝이 났다.

"와 씨, 진짜 이것만 보여 주네. 볼 건 애들 비행기에서 자고 먹고 떠드는 거 달랑 5분뿐이야? 와, 너무한다."

김고리는 1화는 다시보기가 나와도 보지 않을 것이라고 다짐하며 파랑새를 켰다.

투덜투덜 할 말은 많았고 아까 전 파랑새에도 불만 토로는 했지만 그래도 서치는 해 봐야지.

다 합쳐 봐야 10분밖에 안 되는 분량이어도 그 안에 덕질할 건 많다.

이를테면 자는 서현우라든가 챙기는 박윤찬이라든가 혼나는 이진성이라든가 하는.

지금은 다들 김고리와 같이 분량이 적다느니 하는 불만과 간단한 주접글이 전부지만 곧 있으면 금손들에 의해 이 적은 떡밥의 움짤이 올라오기 시작할 것이다.

"야, 곧 시작한다."

김고리의 언니가 그녀의 팔을 팔꿈치로 찔러 댔다.

김고리가 정신없이 파랑새를 새로고침 하고 있는 사이 벌써 광고가 끝나고 다음 화가 시작될 시간이었다.

김고리는 즉시 휴대폰을 옆으로 치우고 분노에 차서 던졌던 쿠션을 주워 와 품에 안았다.

"이번에는 분량 많겠지."

"장담하는데 거의 크로노스 특집일 거다. 내 말 믿어."

"언니 말이래도 이건 믿지."

김고리가 크로노스의 팬이라면 그의 언니는 알뤼르의 팬 '향수'이다.

김향수는 다년간의 덕질로 각 방송사의 편집 분위기와 분량 배치 특징을 매우 잘 파악하고 있는데, 기대작이 두 편 연속으로 나오는 경우는 보통 1편의 임팩트가 약할 것으로 예상될 때였다.

크로노스로 미친 마케팅, 영업, 기대감을 심어 준 만큼 2편의 주인공은 크로노스라고 확신했다.

"애초에 방송사도 얘네 캐스팅한 만큼 뽑아내야 해서. 걱정 1도 하지 마라."

그리고 시작된 2화.

역시나 김향수의 예상대로 지난 이야기 회상이 끝나고 상황 설명을 마치자마자 '뉴욕 도착'이란 자막과 함께 미국에 도착한 크로노스가 떡하니 등장했다.

–인사하겠습니다. 하나, 둘, 셋!

–안녕하세요. 크로노스입니다. 잘 부탁드립니다.

이제 막 미국에 발을 들인 크로노스의 모습은 멤버별로 제각기 달랐다.

처음 와 보는 해외에 신기해하며 이리저리 둘러보는 멤버.

익숙하게 저곳엔 뭐가 있다느니 대화를 나누며 캐리어를 이끄는 멤버.

그리고 다 모르겠고 졸려 죽겠는 멤버. 서현우였다.

"쟤 거의 잠에 절었네. 요즘 스케줄 바쁜가 보다."

"그것도 그런데 현우는 원래 잠이 많아. 〈졸업합니다〉 찍을 때도 맨날 늦게 일어나서 유준이가 깨우고 그랬잖아."

김고리가 서현우의 비몽사몽에 귀엽다, 귀엽지 않냐, 온갖 주접을 떨며 쿠션을 잡아 뜯었다.

그 누가 서현우의 저 모습이 수면제 부작용으로 인한 모습이라고 생각할까?

방송국은 부작용에 허덕이는 서현우를 다른 멤버들과 함께 최대한 귀엽게 포장하려 애썼다.

차에서도 잠에 취해 꾸벅이거나 반쯤 영혼을 날린 채로 멍하니 있는 모습 위로 아기 자장가를 브금으로 깔고…….

멤버들의 말에 귀 기울여 보지만…….

다시 스르륵 감기는 눈

괜찮아요…….

그냥 편히 주무세요, 현우 씨…….

당신은 자는 모습마저 분량이 뽑히니까……★

오, 오구오구……! 잠이 또……!

……등등 열심히 당시의 심각했던 분위기를 지우고 어떻게든 자는 서현우의 분량도 뽑아 주었다.

자장가와 함께 꾸벅이는 서현우, 대화를 나누다가도 창문에 통통 튕기는 서현우의 머리를 뒤로 눕혀 편하게 자게 하는 박윤찬까지.

김고리의 입꼬리는 또다시 쭈욱 올라가기 시작했다.

"……아이고, 지랄한다."

"닥쳐라, 김향수."

"이게 언니한테 뭐? 뒤질?"

"아, 좀 조용히 해 봐! 애들 봐야 한다고."

지금 김고리, 언니고 뭐고 눈에 보이는 거 없다.

그만큼 공중파의 고퀄리티 편집으로 보는 멤버들의 모습은 너무나 좋았다.

한동안 멤버들을 조명하던 화면은 전환되어 레나 팀의 이동 모습을 보여 주었다.

곧바로 숙소로 향하지 않고 미팅 장소로 가며 캘리아 로렌스와 통화를 하는 친밀한 모습 등이 그것이었다.

강씨네아이들 @s102_ · 방금 전

뭐야 비갠팀도 한 주접하시네   ㅋㅋㅋㅋㅋㅋㅋㅋㅋ5959
보고 앞으로 얼마나 이쁨받을지 눈에 보여서 울어써...ㅜ
답글 RT 좋아요

딘다 @Dinda_w · 방금 전
ㅋㅋㅋㅋㅋㅋㅋㅋㅋㅋ비갠제작진 중에 고리있나 무슨 주
접일ㅋㅋㅋㅋㅋㅋㅋㅋㅋ그것보다 현우 꾸벅꾸벅 조는 거
너무 귀엽고ㅠㅠㅜㅠ우리 윤차니 눈물나오고ㅠㅠㅠㅠㅜㅜ
ㅠ근데 강리더랑 준이 대화 나도 듣고시퍼요 제작진님
들....ㅜ
답글 RT 좋아요

다른 고리들도 김고리와 같은 생각과 감정을 나누고 있었다.
　김고리는 한동안 고리들의 반응을 확인하다 다시 TV로 시
선을 옮겼다.
　레나의 모습, 김고리는 알지 못하는 다른 출연진이 늦어서
비행기에 타지 못하는 모습.
　솔직히 재밌긴 재밌었지만 그보다 빨리 크로노스가 나왔
으면 하는 바람이 컸다.
　화면은 전환되어 다시 크로노스를 비췄다.

－업어? 업어? 형, 업어?
－아냐. 깨워 깨워……. 장난이야.

-아, 왜. 진성아. 서현우 업어. 황하황하악!!! 아야…….

차 안을 보며 심각한 토론을 하는 멤버들
무슨 일이야?

숙소에 도착한 멤버들은 차 문 앞에 옹기종기 모여 업느니 마느니 하는 이야기를 나누고 있었다.

그들의 이야기에 궁금해하는 듯한 자막이 흘러나오고 무슨 일일까, 궁금증이 일었을 때 화면이 타이밍 좋게 차 안 광경을 보여 주었다.

"……푸하앗! 현우 아직도 자? 존내 귀여웡!"

"콧소리 내지 마. 와, 김고리 진짜 짜증 나는 목소리."

서현우는 도착한 이후에도 담요에 파묻힌 채 여전히 곤히 자고 있었다.

방송 내내 졸거나 자는 모습만 보였고 그때마다 아기 자장가를 틀어주는 터라 이제 아기 자장가 브금은 서현우의 공식 브금이 될 지경에 이르렀다.

흔들어도 보고 큰 소리도 내 봤지만 서현우는 일어나지 않았고, 그렇다고 해서 스태프나 멤버들이 강제로 깨울 생각도 없어 보였다.

-현우 형 너무 피곤해서…….

-아, 내가 업을래!

멤버들이 서현우를 깨울 것인지 업고 올라갈 것인지 끝없이 토론하고 있을 때, 드디어 소란을 눈치챈 서현우가 힘겹게 눈을 떴다.

그러곤 어리벙벙한 눈으로 주위를 둘러보더니 푹 가라앉은 목소리로 멤버들에게 물었다.

-……뭐야?
-에이. 현우 형 일어났네.
-현우야, 숙소 도착했어. 내려.

어쩐지 아쉬워하는 이진성과, 미소 지으며 나오라 손짓하는 강주한.

서현우는 잠시 멍하니 상황을 파악하더니 천천히 움직여 차에서 내렸다.

-여기야?

서현우의 말과 함께 화면이 전환되었다. 세련된 음악과 함께 그들이 묵을 숙소가 얼마나 호화로운 곳인지, 야경이 얼마나 좋은지 소개와 앞으로 멤버들이 얼마나 즐겁고 편안하게 보내는지 간단한 예고가 흘러나왔다.

예고가 끝난 뒤엔 멤버들끼리 숙소 룸메이트를 정하는 모습과 레나가 숙소에 도착해 멤버들과 만나고 정원의 식당에서 함께 식사하는 모습까지 방영되었다.

잔뜩 긴장해선 눈치 보는 멤버들과 어떻게든 편한 분위기로 유도하는 레나는 데뷔 전부터 이어진 오랜 연으로 고리들도 꽤 좋아하는 조합이었다.

그들은 앞으로 어떤 식으로 공연하게 될 건지 논의를 나누고 앞으로 잘해 보자 건배하며-.

……방송이 끝났다.

"끝? 벌써?"

김고리의 입에서 애매모호한 소리가 튀어나왔다.

한 화 가득 크로노스가 나오니 시간이 이렇게 빨리 갈 수가 없었다.

어떻게 1시간짜리 영상이 이렇게 짧아? 아니, 짧게 느껴질 수 있지?

물론 재밌긴 했다.

멤버들끼리 컨디션 안 좋은 서현우에게 독방 양보하고 최대한 잠버릇 없는 멤버와 자겠다며 난리치는 것도 좋았고 고급 식당에서 맛있는 걸 먹는 것도 좋았다.

그러나 너무 짧다.

"아이 씨, 너무 짧아. 조금 더 보여 줬어도 될 것 같은데."

그러나 아쉬움도 잠시, 예고편이 나오자 김고리의 입가에 다시 미소가 지어졌다.

따사로운 햇살 아래 일어나는 멤버들.

숙소에서 지내는 모습을 지켜보는 것처럼 모닝 대화를 나누고 각자의 시간을 보내는 장면, 연습, 공연, 거기다 한동안, 아니 지금까지도 회자되며 돌아다니는 그것.

−고리 안녕!

−저희 뉴욕 왔어요!

고유준의 영상통화 비하인드가 나왔다.

영상통화 중 서현우가 침대를 뒹굴며 누워 있었다는, 아무도 몰랐던 사실까지 예고편에서 밝혀졌다.

"어이없어. 저번 시즌에도 느꼈지만 비갠은 예고편 어그로 개쩌니까 기대하지 마라. 다음 편, 저 중에 반도 안 나온다고 확신한다."

"시바, 상관없어. 예고편으로도 배부르다."

예고편으로 딸 수 있는 움짤만 몇 개여.

김고리 인생에서 가장 알찬 예고편이었다.

다음 권으로 이어집니다

ROK
MEDIA
로크미디어

활 쏘는 대마법사

한시웅 퓨전 판타지 장편소설

거침없는 팩트 폭격으로
드래곤조차 눈치 보게 만드는
극강의 꼰대! 아니, 최강의 궁신이 나타났다!

유일하게 '신'이라 불리는 무인, 궁신 하철혁
자격을 시험받다 우화등선에 실패해
새로운 세상에서 눈을 뜨는데……

내공이 한 줌도 없다?

제로부터 시작하는 이세계 생활에 놀람도 잠시
처음으로 아버지라 느낀 존재가 살해당하고
그 뒤에 모종의 음모가 있음을 알게 되는데!

이세계에서도 궁신의 신화는 계속된다!
군필도 두 손 두 발 드는 FM 정신으로
안 되는 것도 되게 하라!

기어코 무대로

공원동 현대 판타지 장편소설

"관심을 받으면 집중이 잘돼요."
사상 최강의 관종(?) 싱어송라이터가 나타났다!

데뷔 직전 사고로 인해 모든 것을 포기한 도원경
삼 년 뒤, 그에게 기적이 일어났다?

사람들의 시선을 받으면 능력이 발현!

너튜브 영상이 대박 나고
서바이벌 오디션 출연 제의까지?

도원경 사전에 더 이상 포기는 없다!
좌절을 딛고, 『기어코 무대로』!